狐森（きつねもり）

雨乞（あまごい）の左右吉（そうきち）捕物話

長谷川 卓

祥伝社文庫

目次

登場人物紹介

雨乞の左右吉：向柳原の下っ引。
　お半長屋に住む
日根孝司郎：元常陸国笠森藩藩士の浪人。
　左右吉の隣人
千：左右吉と顔馴染みの女掏摸
万：千の母親
蓑吉：一膳飯屋《汁平》の亭主
　飯炊き――銀蔵
　仲居――亀、静、雪
豊松：行方不明になっている左右吉の旧友
弥太郎：左右吉の昔馴染み
安右衛門：阿部川町の悪所を束ねる元締

富五郎：向柳原の御用聞きで左右吉の親分
　富五郎の手下――繁三、弥五、平太
鶴：富五郎の女房。女髪結を生業にしている
山田義十郎：北町奉行所定廻り同心
桜井丙左衛門：北町奉行所牢屋見廻り与力
久兵衛：伊勢町堀の大親分。
　富五郎の親分にあたる
　久兵衛の手下――善六、伝八
梅造：掏摸の元締。〝通称飛び梅〟
すっぽんの三次：凄腕の掏摸

名塚隆一郎：佐古田流道場の師範代
赤垣鋭次郎：佐古田流道場門弟。
譜代大名家馬廻役
安田伊勢守正弘：火附盗賊改方長官
筆頭与力――笹岡只介
同心――前谷鉄三郎、田宮藤平、寺坂丑之助
倫：下谷御数寄屋町の塗物問屋《多嶋屋》の内儀
貞：《多嶋屋》の寮に住む女
七郎兵衛：香具師の元締。
入谷の元締と呼ばれている
長二郎：七郎兵衛の片腕
寅熊：七郎兵衛の手下

亥助：三ノ輪一帯を縄張りとする御用聞き
仁吉：亥助の下っ引
朝右衛門：深川の岡場所《土橋》の元締。
表向きは料理茶屋《丸亀》の主
彦次：朝右衛門の手下
淡路：豊松の女。《琴屋》の女郎
宇兵衛：太物問屋《田丸屋》の主
小池徹之進：日根の旧友。笠森藩藩士
町田宏三郎：日根を仇と狙う若い武士。
笠森藩藩士
永田勝之丞：宏三郎の助太刀。笠森藩藩士

第一章　豊松

一

寛政十年（一七九八）四月二十日――。

雨乞の左右吉は浅草の金龍寺門前町にいた。この辺りは、俗に森下と呼ばれているところである。

左右吉は二十七歳。向柳原の御用聞き、富五郎の手下である。森下に来たのは、親分に命じられた御用の筋ではない。人探しである。江戸に出て来たばかりの十一年前に知り合い、一年程の間、この辺りを根城にして連んで悪さをしていた一つ年上の豊松の居所を探すためだった。

十八になったのを潮に、豊松はいつまでも馬鹿やっちゃいられねえ、と左右吉らと袂を分かった。真面目に働き始めた豊松は、店を一軒任されるまでになっていたのだが、去年の暮れに行方知れずとなっていた。任されていた柳原通りにある古着屋の品を叩き売り、売上げを持ち逃げしたのだ。

豊松が姿をくらましたのを左右吉が知ったのは、三月上旬である。だが、掏摸殺しに端を発した捕物に掛かりきりになってしまい、豊松の行方を探すどころではなかった。

一件が片付いた後も、浪人・日根孝司郎を伴い、甲州街道は猿橋宿まで旅に出るなどしていたので、豊松探しにようやく取り掛かれたのは、二日前になる。

一昨日は、豊松が去年の暮れまで住んでいた八名川町の長屋を訪ねたのだが、大家も店子も皆、豊松がどこに越したのか、知らなかった。慌ただしく引き払っていったという話だった。

昨日は、十一年前豊松とともに馴染んだ、門跡前にある本法寺門前町界隈を聞き回ってみた。豊松のことを覚えている者もいたが、やはり何も分からず、この日、森下に来た、という訳だった。

森下の名の謂れとなったという堀田豊前守中屋敷の鬱蒼たる森を背にして、左右吉は門前町にある《五目長屋》の木戸を潜った。豊松は、十八の年を迎えるまでの無頼な日々を、この長屋で過ごしたのだった。

長屋の名は、本来、大家の名にちなんで五兵衛長屋と言う。箸にも棒にも掛からない者ばかりが住んでいたところから、陰で芥長屋と呼ばれるようになり、いつしか五兵衛の「五」を取って「五目」と言い習わされ、今では初めから五目であったと思っている人の方が多くなっている。

大家の五兵衛宅の裏戸に回った。五兵衛は、木戸脇に瀬戸物屋を構えている。店先から堂々と入ってもよかったのだが、客の姿が見えたので遠慮したのだった。大家には迷惑ばかり掛けた負い目があった。

「もし、ご免ください」裏戸を叩いた。

返事があり、戸が開いた。五兵衛だった。訝しげに左右吉を見ている。

「相済みません。お見忘れかもしれませんが、あっしは、十年程前、こちらの店子だった豊松さんのところに出入りしていた者で、左右吉と申します。大家さんにはご迷惑をお掛けし、お叱りを受けました」

「ああ……」五兵衛が左右吉を無遠慮に眺め回した。

「これは、つまらないものですが。いえね、馬鹿やってた頃のことを思いますと、どうにも敷居が高くて手ぶらでは来られなかったんでございますよ。納めてやっちゃいただけないでしょうか」

鳥越橋の手前にある天王町の菓子舗《清晨堂》の［黄粉飴］を差し出した。

《五目長屋》に足繁く通っていた頃は、まともに話したこともなかったので、何が好物か分からない。名の知れた菓子舗の品を手土産にしたのだった。

「そうかい。そういうことなら……」

五兵衛は［黄粉飴］を受け取った。

「もしかして、豊松さんの居所をご存じじゃねえかと思い、伺ったのですが」

「あいにく、ここを出てから一度も見掛けたことがないね」

「左様でございますか。どこかお心当たりは」

「ないねえ」

言葉の接ぎ穂がない。引き上げ時なのかもしれない。何も得るものはなかったが、菓子は詫びの品と思えば惜しくはなかった。頭を下げ、引き返そうとした左右吉を、五兵衛が呼び止めた。

「今、思い出したんだけどね。あれは、二、三年前かな。こし屋橋を阿部川町の方から渡って来る豊松さんを見たことがあったよ」

「どこに行ったかまでは？」

「見てないね。分かるだろうけど、あまり関わりたくなかったんでね」

気持ちは痛い程分かった。毎日が、やったの、やられたの、という喧嘩の日々だった。好んでそうしていた訳ではなかったが、そうとしか生きられなかったのだ。縋る伝もなく、頼りは己の拳と度胸だけだった。

「ありがとうございました」膝に手を当てて、深くお辞儀をした。

「お前さん、左右吉さんとか言いなすったけど、今は何をしているんだい？」

「へい」

御用聞きの手下をしていると答えると、五兵衛は露骨に眉を顰めた。この辺りには、相変わらず碌な御用聞きがいないのだろう。

左右吉は森下を通り、こし屋橋を渡り、阿部川町へと出た。

阿部川町は寺地が徐々に町屋になったところで、通りから一歩裏に入ると、寺の者を相手にする悪所が続いていた。

どこで、誰に聞くか……。

てめえと豊松の二人を知る者は、と考えた。即座に思い浮かんだのは、二人だけだった。

一人は土腐店にいた金兵衛だ。だが、三月の一件の際、左右吉の油断が因で殺されてしまった。思い返す度に胸が痛んだが、取り返しはつかない。もう一人は、反りの合わない男で、会えば喧嘩ばかりしていた。名を弥太郎と言った。

他に誰か……。

こし屋橋を渡り、北に向かい、横町で折れた。そのまま足を進め、ふと前方を見遣ると、男が二人、歩いてきた。年の頃は三十の半ばと、六十くらいというところか。

年嵩の方が、行き付けの一膳飯屋《汁平》で飯炊きをしている銀蔵にそっくりだった。背恰好は勿論、白髪の交じり具合、眉の形と言い、目鼻立ちと言い、瓜二つである。思わず声を掛けそうになったが、連れの男には見覚えがない。どうしようか。迷った。なおも近付いて来る男の顔に視線を走らせた。

……違う。

目の配り、口を開く時のちょっとした仕種など、銀蔵にはない、荒んだものがあった。別人だ。真っ当な稼業とは縁のなさそうな男に見えた。

それにしても、よく似ていた。《汁平》が店開きした六年前から、殆ど毎日のように通っている左右吉である。銀蔵を見間違えるはずもないのだが、目にした瞬間、当人だと思い込みそうになった。

二人が近付いて来た。左右吉をこすっ辛そうに横目で見、脇を通り過ぎて行く。やはり、銀蔵ではなかった。

男二人が連れ立って蕎麦屋の暖簾を潜るのを見届け、左右吉は阿部川町を奥へと踏み込んだ。

阿部川町は、新堀川と武家屋敷と寺に囲まれた土地で、悪所を束ねているのは、駿州出の安右衛門。表の顔は、菓子や果物など仏前に供える品を扱う御盛物所《駿河屋》の主である。

十一年前、左右吉が十六の折、安右衛門は四十の半ばで、跡目を継ぎ元締になったばかりであった。縄張り内で勝手な振る舞いを繰り返していた左右吉らを呼び出し、一度こっぴどく痛め付けてからは、若えうちはそれっくらいで良い、と度量の広いところを見せてくれた。そうこうするうちに左右吉らは阿部川町を離れてしまったので、安右衛門とはここ十年会っていなかった。それでも、弥太郎を訪ねるよりは、と寄ってみることにした。

《駿河屋》を通り越し、脇にある抜け裏を進むと、裏口があった。昔のままである。左右吉は、戸をそっと叩いた。

「どちらさんで？」

左右吉は名乗り、随分と以前に、元締からご意見を頂戴した駆け出し者だと身性を明かし、元締に会いたい旨を伝えた。少しの間があり、戸が開いた。潜り、中に入ると、男が三人いた。右側に、見覚えのある男がいた。確か、焼津の清三郎と言った。二度程殴り合いになり、二度とも叩きのめされた。

清三郎が、珍しいな、どうした、と言った。豊松を覚えているか尋ね、その上で探していることを告げた。

「元締がご存じだ、とでも言った奴が、どこぞにいたのか」

「いいえ。ただ、あっしの勘って奴で」

「勘はいい方だったか」

「多分……」

「兄ぃ」庭を回って来た若い衆が、清三郎に耳打ちをした。

「元締がお会いになるそうだ。付いて来な」

清三郎の後に従い、庭木戸を抜けた。飛び石の先に池があり、石橋を渡った向こうに四阿が設けられていた。男がいた。元締だった。清三郎が近寄り、耳打ちをしている。左右吉が話したことを伝えているのだろう。清三郎が離れると、元締が手招きをした。

「ご無沙汰をいたしております。左右吉でございます」

「懐かしい顔だ。覚えているとも」元締が言った。「正直言うと、もう疾うにこの世の人ではないと思っていた。よく、今日まで生きていたな」

「運がよかったからでしょう」

「運は、豊松のほうにあると思っていたのだが、私の思い違いかな」

「豊松のことを覚えておいでで？」

「古着屋になったところまでは、聞いている。半端者にしちゃあ、よく思い切って真っ当な道に入ったものだ、と感心していた。それが、いなくなっちまったとはな」

　左右吉は知っていることを話した。

「男が道を踏み外すんだ。女以外にゃ、あるめえよ」

「そうでしょうか……」

　左右吉の覚えている限りでは、豊松には女っ気はなかった。四年前に再会してからは、年に一、二度だが顔を合わせていた。女のにおいは感じ取れなかった。

「昨日知り合った女と今日心中し、明日揃って化けて出る。それが、男と女ってもんよ。何があったかなんて、知れたものではない。傍の者には分からねえもんさ」
　それよりか、おめえさんだ、と安右衛門が言った。あの頃は、目が血走ってい
たが、今はその年で随分落ち着きがある。
「どこぞの御用聞きの手下になってるそうだな？」
　町屋の衆にたかってふんぞり返っている御用聞きと一緒にされては、と思い、
人格高潔なことで知られている伊勢町堀の久兵衛の名を挙げた。
「大親分のお言い付けで、今は向柳原の富五郎親分の下で修業させていただいて
おります」
　ほおっ、と呟くと、見直したぜ、と安右衛門は言った。
「久兵衛親分に目を掛けられてるというのなら、てめえの筋は曲がっちゃいない
のだろう。それなら、昔の仲間のことなんぞ、忘れたほうがいいぜ。後ろを振り
返ることはねえ」
　《駿河屋》を辞した時には、日が傾き始めていた。もう少し調べてみようかとも
思ったが、訪ねるとしたら弥太郎しかいない。安右衛門に続いて弥太郎を訪うの
は気が重かった。明日に回すことにして、神田お玉が池に程近い小泉町の《汁
平》に向かった。

《汁平》には決まった献立はなく、その日仕入れてきたもので作る丼飯があるだけだった。酒を飲みたい者は、暮れ六ツ（午後六時）の鐘を聞いた後ならば、あり合わせのもので肴を作って貰えたが、日の高いうちは飯にたっぷりと掛かった汁と具を肴に飲むしかなかった。

縄暖簾を潜ると仲居の亀が、大きな平べったい顔を崩して、入れ込みの奥を指さした。千と日根孝司郎が飯を食っていた。

千は昔馴染みの女掏摸で、浪人の日根は左右吉と同じお半長屋で軒を並べる隣人である。

「先に食べてるよ」千が丼をちょいと持ち上げて見せた。

一緒に食べようと約束した覚えはない。よせやい、思い人でもあるまいし。口に出して言おうかとも思ったが、千はあっけらかんとした顔で箸を動かしている。腹に何もない奴に下手に突っ掛かると、怪我をするのはこっちだ。

左右吉は逆らわずに軽く応えると、内暖簾の中を覗いた。銀蔵がいた。炊き上げた飯をお櫃に移している。背恰好が昼間見た男と、やはりそっくりだった。飯を移し終えるのを待って声を掛けた。

「お前さんによく似たのを、見たぜ」

銀蔵の手が止まり、主の蓑吉を見てから、左右吉に聞いた。

「どこで、見掛けなすったんで？」

阿部川町だと答えた。新堀川に架かるこし屋橋を渡ったところだ。

「そんなに、似てたのかい」蓑吉が聞いた。

「何だい、銀蔵さんの双子かい」

亀とともに仲居の仕事をしている静が、割って入ってきた。静と亀は長屋のかみさんで、出職の亭主が戻る暮れ六ツ頃には引き上げてしまう。その後、更に五ツ半（午後九時）頃まで一人で切り盛りするのが雪という十七になる下膨れだった。静と雪が顔を並べて、もう一度同じ言葉を口にした。

「かもしれねえぞ。思わず声を掛けそうになったくらいだからな」

左右吉がおどけてみせると、静と雪は、声を上げて笑った。

蓑吉は、静と雪を追い払うと銀蔵に目配せをしてから、もう少し詳しく聞かせて貰えるか、と左右吉に言った。

「こし屋橋を渡って西に行ったか、それとも北か南か、ってことかい？」

そうだ、と蓑吉が言った。

「三十半ばくらいの男と蕎麦屋へ入ったぜ。北に半町（約五十五メートル）程行ったところにある横町を西に曲がった先だったな。何だ、知り合いなのか」蓑吉と銀蔵の二人に聞いた。

「……いえ、そうじゃねえんですが、もしかしたら、と思ったもんで……」銀蔵は言葉を濁した。

「あの辺りには、明日もまた行くつもりなんだ。案内しようか」

「いえ、それには及びません。お気持ちだけで」銀蔵が頭を下げた。明らかに、左右吉にこれ以上踏み込んでほしくないという風情が滲んでいる。蓑吉も口を閉ざしたままだ。

「そうかい……」

飯を頼み、千と日根の脇に腰を下ろすと、千が半ばしなだれ掛かるようにして寄ってきた。

「どうして、阿部川町なんかに行ったのさ」

「人探しだ」

「お安くないね」

「そんなんじゃねえよ」

豊松の話をした。うちの元締に頼めば直ぐだよ。千が飛び梅の名を口にした。

飛び梅は、日本橋北から内神田一帯を縄張りにしている掏摸の元締だが、浅草を仕切る元締らとも濃い繋がりを保っている。

「端から頼めるかよ。散々探して駄目なら、話は別だけどよ」

「手伝おうか。暇だし、ね？」日根に言った。

「いや、私は」

「暇だと言ってたじゃないか、薄情だね」

「旦那は、道場があるんだ。無理言うんじゃねえ」

道場とは、慈斎佐古田釜之助が興した佐古田流小太刀の道場であった。慈斎は日根が、その剣を高く買っていた孤月流水神剣の遣い手・風間幾四郎の弟子と知り、江戸にいる間は、いつでも好きな時に稽古に来ることを許した。以来日根は、三日にあげず、道場に通っていた。

「行くのかい？」

「いや。明日は、休むつもりでいた」

「なら、探しに行くよ」

「借りもあるしな。どうも、掏摸の姐さんに言われると、弱くていかんな」

「掏摸は余計だよ」

飯を食べ終え、《汁平》を出しなに、例の男を見掛けたら知らせようか、と銀蔵に聞いてみた。

「済みませんが、放っといてやってください。いろいろと訳有りなもので……」

銀蔵は、片手を上げ、拝むような恰好をした。

「分かった」左右吉より先に、日根が答えた。

店の外に出たところで、千と別れた。明日の朝、行くからね、と言い置いて後ろ姿を見せた千を見送りながら、日根が左右吉に言った。

「探ろうなどと思うなよ」

「思っちゃおりやせん」

「ならよいが、誰にでも知られたくない事情の一つや二つはあるものだからな」

「旦那、その台詞、前にも聞きやしたぜ」

「私は、くどいのだ。分かるまで、何度でも言う」

二

翌朝、日根と豆腐の味噌汁と沢庵で朝餉を摂っているところに、千が来た。

日根は江戸に出て来て以来、それまでの貯えだけで暮らしているようだが、残りが少なくなってきているらしい。飲み食いの注文に勢いがないことからも、それは窺えた。そのうちに、口入屋を紹介してやらなければならないだろう。今朝も、気を回して、食うかと誘うと、二つ返事で壁の穴から入ってきた。壁の穴は、日根が仕えていた常陸国笠森十三万石丹羽家の刺客から逃れるために、左右吉が開けさせたものだった。普段は枕屏風を置いて、塞いである。

「米は炊けているんだよ。のんびり噛んでないで、味噌汁で流し込んじまいな。お天道様は疾うに昇ってるよ」

千に煽られ、手早く飯を食べ終え、お半長屋を出た。

柳原通りを横切り、新シ橋を渡る。苗売りの声が、川面を伝って聞こえてきた。朝顔の苗を買い、育ててみたいと思ったこともあるが、未だに買わずにいる。多分これからも、思うだけで買わずにいるのだろう。買う時は、十手稼業に見切りをつけた時かもしれない。左右吉は、苗売りの声を振り捨てた。

三人は向柳原を真っ直ぐ北に向かい、三味線堀を過ぎ、下谷七軒町を東に折れた。間もなく阿部川町である。昨日は阿部川町に東から入り、今日は西から入ることになる。

「どこへ参るのだ？」日根が、大名屋敷の土塀をつまらなそうに見回しながら言った。

「昔の顔見知りを訪ねてみるところから始めようかと」

弥太郎だった。豊松の行方を知っていたとしても、素直に教えてくれるとも思えなかったが、十年も経てば、角が取れて少しは丸くなっているかもしれない。

取り敢えずは、行ってみるしかなかった。

「その次は、どうするのだ？」

「この辺りを回って、それで駄目な時は、元締に頼るしかありやせんね」

「飛び梅殿か」日根は左右吉が頷くのを待ち、聞いた。「掏摸とは、そんなに顔が広いものなのか」

「いちいち掏摸、掏摸って言わないどくれ」

「これは、済まぬ」日根が、頭を下げた。

「あっしらの稼業も縄張りの張り合いですが、お千の稼業はもっと縄張りがうるさいですからね。絶えずいざこざが起こっています。それを収めているうちに、元締たちはどんどん顔が広くなっちまうんですよ」

「成程の」

道の先に新堀川を挟んで龍宝寺の木立が見えた。

「こちらです」

横町に折れ、阿部川町の奥へと進んだ。森下まで通じている中通りを横切り、数間行ったところで、千が左右吉の袖を引いた。

「あれ、銀蔵さんじゃない？」

顎で、小路から出て来た男を指した。男は、左右吉らに背を向けて歩いて行く。昨日見掛けた男だった。

「似ているが、別人だ」

「そうかねえ。ちょいと近くから拝んでくるよ」

足を急がせようとした千を、左右吉が押しとどめた。銀蔵と蓑吉が見せた、左右吉の問い掛けを拒むような態度が気になっていた。日根の言う通り、余計な口出しは控えるべきだろう。

「このまま、行かせちまうのかい？」

「御法度に触れてる訳じゃねえからな。とは言うものの、行く方向が同じだ。暫く後ろから尾けてみるか」

男の辿る道筋が、左右吉を落ち着かなくさせた。弥太郎の塒に向かう一番の近道を通っているのだ。ひょっとすると、という思いと、そんなことはねえ、という思いが、左右吉の中で揺れていた。それは、取りも直さず、弥太郎の今を占うことでもあった。この剣呑そうな男が弥太郎の家に行くのだとしたら、まだ昔のような暮らしを続けていると見て間違いない。弥太郎は、家業の煮売り屋は継がなかったが、親の遺した店を仕舞屋にして、そこで住み暮らしているはずだった。

「こっちでよいのか」日根が、男の背に目を向けたまま言った。

「へい」

「まさか、同じところじゃないだろうね」千が、僅かに眉を顰めた。

「俺も嫌な予感がしているんだ」

言っているそばから男が、弥太郎の塒のある方へと角を曲がった。

「どうなの？」

「近付いている」

「その顔見知りってのは、どっちなんだい？　善い方かい、悪い方かい」

「昔のままなら、悪い方だ」

「つかぬことを尋ねるが」日根が、声音を抑えた。「お千殿の稼業は、その、何だ、外聞を憚るものであるが、この場合、お千殿は善い方なのか、悪い方なのか、どちらなのだ？」

「どの場合もあるかい。あたしゃ、他人様の懐を狙う稼業だよ。善いはず、ないじゃないか」

「と言っているお千殿より、もっと悪いのか、その顔見知りの者というのは？」

「弥太郎ってんですが、こいつは心根が昔から捻じ曲がってやしてね。お千は、曲がってるのは指先だけで、心根は真っ直ぐですから、比べようがありやせんや」

「褒められたぞ」日根が、千に言った。

「当たり前だよ。掏摸ってのは、飾職みたいに職人なんだからね。そこらの悪とは、出来が違うんだよ。覚えときな」

「相分かった」

日根が答えている間に、男は弥太郎の住まう仕舞屋の戸を引き開け、声も掛けずに中へ消えた。

「思わぬことになったな」

「こりゃ、待つしかありやせんね」

左右吉は素早く横町を見回した。どこかから、弥太郎の塒を見張れないか。

「あそこは、どうだい？」

千が目を付けたのは、汁粉屋だった。

「蕎麦屋か何か、ねえのかよ」

「あると思ったら、見付けてごらんな」

腰を下ろして見張れるところは、汁粉屋しかなかった。男でも長居をしたら、汁粉のお代わりをしなければならないだろう。しかし、他に見張りの出来るところはなかった。

「旦那、汁粉でようございやすか」

「実を言うと、決して嫌いではないのだ」

「好きだとお言いな」

千の後から汁粉屋に入り、窓障子の際に腰を下ろした。そこからは、弥太郎の仕舞屋の戸口がよく見えた。

汁粉を頼むと、左右吉が身を乗り出して言った。

「俺は弥太郎に話を聞かなくちゃならねえ。済まねえが、お千は旦那と二人で、あの男の跡を尾けちゃくれねえか」

「さっきと言うことが違うじゃないのさ。まだ御法度に触れちゃいないよ」

「成り行きってもんだよ。どうにも、何か引っ掛かっていけねえ」

「御用聞きとしての勘、って奴かい？」

「そのような者が出入りするのだ。お主の顔見知りも、真面(まとも)ではなさそうだな」

「…………」

　ひょっとして、豊松も出入りしていたのだろうか。

　千が二杯目の汁粉を飲み終えた時に、仕舞屋の戸が開き、二人が現われた。一緒に出掛けようとしている、と見えた。

「どうする？」

「取り敢えず、一緒に行くぜ」

　左右吉は勘定を盆に落とし置き、日根と千とともに汁粉屋を出た。

　弥太郎と男は半町程北に行き、法成寺(ほうじょうじ)の手前で二手(ふたて)に分かれた。男は東に向かうらしい。新堀川の方である。男の尾行を日根と千に任せ、左右吉は弥太郎の後を追った。

　弥太郎は両の腕を懐に収めると、横町の角にある煙草屋(タバコや)に入った。出迎えた小僧の威勢のいい声が聞こえた。刻みの銘柄を伝えている。

「ありがとよ」

煙草屋を出た弥太郎が、来た道を引き返してくる。塒に戻るのだろう。左右吉は通りに出、弥太郎を呼び止めた。

「ご無沙汰しておりやす。左右吉です」

「見りゃ分かる。てめえの面は忘れられるもんじゃねえからな」

「人探しで、この辺りに来たら、丁度お見掛けしたので」

「そうかい」

「先程そこで別れた方は、どなたさんで？　なかなか貫禄のあるお方でしたが」

「てめえの知ったことか」

「違えねえ」左右吉は、うなじに手を当てて見せた。

「何の用だ？　突然現われやがってよ」

「豊松がいなくなりやしてね。どこにいるか、知っていたら教えてやっちゃくれやせんか。心当たりでもいいんですが」

「そう言やぁ、てめえ、岡っ引の真似事をしているらしいな」

「誰から、それを？」

「豊松が何かしでかしたのか」

「何もしちゃおりやせん。ただ姿が消えたもので、探してるって訳で」

「じゃ、何か、御用絡みじゃなく、てめえ一人の裁量で探しているんだな」

「そう言うことで」

「豊松がどこにいるか、教えてくれって、頼んでいるんだよな、この俺によ。頭ぁ下げて」

このねちっこさが弥太郎だった。昔のまんまじゃねえか。相変わらず、好かねえ奴だ。だが、顔には出さないようにして、答えた。

「へい……」

「話してやってもいいぜ。昔の誼でよ」

「ありがてえ。助かりやす」

「喜ぶのは早え。誰も、『はい、そうですか』と教えるとは言ってねえ」弥太郎は、左右吉の周りをぐるりと回りながら言った。

「どうすれば、いいんで？」

「てめえにゃ貸しがある。気の済むまで殴らせりゃ、話してやってもいいぜ」

いつだったか、蹴り飛ばしたことがあった。確か、弥太郎が言い掛かりを付けてきたのが因だと覚えている。あれか。他には、覚えがない。とすると、あのことを、十年経った今も根に持っているのか。弥太郎を見た。何と返事をするか、目を据えてこちらを見ている。

「分かりやした」

「付いて来な」

弥太郎は、通りを二つ程折れて、法成寺の草っ原に入ると、振り向きざまに拳を振り上げた。顎と腹に食らい、倒れたところに足蹴りが飛んで来た。

どこかで悲鳴が上がった。通りかかった者が気付いたのだろう。

足と拳が暫く続き、弥太郎の立てる荒い息遣いが聞こえてきた。気が済んだのか、動きを止め、肩で息をしている。左右吉は、己の頰（ほお）から首筋に流れるものを感じた。鼻血らしい。咽喉（のど）に血（ち）が絡んでいる。

「話を聞きたければ、俺ん家まで這（は）って来な」

弥太郎の草を踏む足音が遠退（とおの）いていった。


擦（す）れ違った人が、左右吉から目を背（そむ）け、足早に通り過ぎてゆく。

無理もない。

鼻血で顔を汚しているだけでなく、片袖は取れ、しかも泥に塗（まみ）れている。喧嘩に負けた、と顔に書いてあるようなものだ。左右吉は、蹴られた腰に手を当てたまま、弥太郎の塒を後にし、向柳原から新シ橋と、来た道をお半長屋に向かって歩いた。

途中、富五郎親分の家がある佐久間町四丁目裏地の前を通らねばならない。見付かれば、仔細を聞かれ、嫌味の一つも言われることになるだろう。あらぬ方に顔を向け、足を急がせて新シ橋を越えた。

柳原通りに出たところで左右吉は立ち止まり、豊松が任されていた古着屋に目を遣った。

弥太郎の塒での話が、耳朶に蘇ってきた。

――会ったぜ、と弥太郎が、酒を飲みながら言った。ここでな。去年の暮れだ。金になる話はないか、と言ってた。どうも、女らしい。昔っからの女が、深川の岡場所にいるそうだな。

昔から、と言われても、思い当たる女はいなかった。多分、堅気になってから知り合ったのだろう。

深川には、十指に余る程の岡場所がある。女のいるのは、どこなのか、聞いた。

――そんなことまで知るかよ。第一、そこまで話す野郎じゃあるめえ。

――金が入り用だったのは、間違いないんでやすね。

――二、三人くらいなら、殺しそうな目付きをしてたぜ。

――豊松の奴……。

　店の品を売り払って得た金は、女に渡す金だったに違いない。

――分かったら、帰ってくれねえか。これから、てめえを痛め付けた祝いの酒を楽しむんでな。

　女のために、店の古着を叩き売り、売上げを盗み、江戸から消えた。そうなのか。どうして、という思いが左右吉の胸を締め付けた。どうして、相談してくれなかったんだ？　俺は、おめえにとって、それっぱかしの男だったのか。

　涙が頰を伝った。

　左右吉は涙を拳で拭うと、通りを横切り、お半長屋に戻った。倒れ込むようにして夜具に横たわった。

――何だよ、御用聞きになるのかよ。

　四年前に再会した時に、豊松に言われた言葉だった。驚き呆れていたが、左右吉が堅気になったことを心から喜んでくれた。

――考えてみりゃあ、おめえらしいぜ。何かあった時は、よろしく頼むぜ。

涙が耳に落ちた。唇を噛み締め、豊松のことを考えているうちに、寝てしまったらしい。

夢の中に豊松が現われた。背を見せ、どこかに行こうとしている。追い掛けようとするのだが、足が動かない。

待ってくれ！　叫んでいるところで腰高障子が音高く開き、目が覚めた。千がいた。

「寝てるよ」と後ろの者に言っている。

日根が土間に入って来た。押されるようにして上がり込んだ千が、小さな悲鳴を上げた。それで、顔の血を拭いていないことを思い出した。

「どうしたのさ？」

千を押し退け、日根が素早く左右吉の傷の具合を見た。

「斬られたり、刺されたり、はしていないようだな」

左右吉は頷いて見せた。

「痛いだろうが、骨が折れていないか、診るぞ」

日根が左右吉の胸と腰と手足を、擦るようにして調べた。

「打ち身だけのようだ」

「水を汲んで来るよ」千が飛び出して行った。

「これだけやられて、骨が一つも折れていないというのは、運が良かったな……。弥太郎か」

「図星でさあ」

貸しがあるから、と法成寺の草っ原に入ったところから、弥太郎の家で話を聞いたところまで、すべて話した。途中で千が戻って来た。

「野郎の話が本当だとすると、これ以上は探しようがねえ。無事に、どこぞにふけてくれていることを祈るしかありやせんや」

「女と一緒にか」

「さあ、それは……」

「ひどいじゃないか」千が手桶の水で手拭を絞りながら言った。「弥太郎ってのはお話にもならないけど、豊松ってのも何だい、水くさいね。一言、助けてって言えなかったのかね」

「言えないこともある。相手のことを思えば、尚更な」

「そりゃ、左右吉さんに金の話は無理だけどさ」

千は手拭を絞ると、左右吉の顔を拭いた。

「いいよ、てめえでやるよ」手拭を取ろうと手を上げたが、その途端に腰が痛み、上げた手を下ろして、頬を歪めた。

「動かずに、寝てな」千があやすように言った。

「言うことを聞いておいた方が無難であろうな」

「お医者様に診て貰わなくて大丈夫かね？」

「刃物で切り付けられた訳ではないからな。ここ二、三日は痛むだろうが、大したことはないだろう」

「よかったじゃないか」

ちっとも、よかぁねえ。言ったところで、千と日根に、銀蔵に似た男を尾けて貰ったことを思い出した。

「済まぬ」

日根が頭を下げ、ご免よ、と千が掌を合わせた。

「門跡前んところで、見失っちまったんだよ」

「撒かれたんじゃねえのか」

「まさか、あたしがそんな下手ぁ売るかい」

「門跡前にしちゃあ、随分と帰りが遅かったじゃねえか」

「あんたに会わせる顔がないからって、二手に分かれて探してたのさ」

「そいつは、手間掛けさせちまったな」

「何、言ってんだい。しくじったのは、こっちだよ」

「銀蔵さんには、放っといてくれと言われてたんだ。《汁平》では、俺が言い出すまで黙っててくれるか」

「あいよ。さっき寄ったけど、何も話してないから安心おし」

「日根の旦那も、頼みやすぜ」

「分かった」

それにしても、腰が痛んだ。弥太郎の奴、ひどく蹴飛ばしやがって。

「お詫びだよ。今夜はあたしがご飯を作るからね」

千が、枕許（まくらもと）に散らかっている湯呑（ゆの）みを片付けながら言った。

「済まねえ」

「では、明朝は私が作ろうか」日根が、もそりと呟いた。

三

翌四月二十二日。六ツ半（午前七時）。

「お味見に来たよ」と千が、昆布の佃煮を持って現われ、三人で朝餉を済ませたところに、腰高障子を柔らかく叩く音がした。

「どちらさんですか」

戸を開けた千の顔を凝っと見てから、男が土間に半身を入れた。弥太郎だった。

「どうだ、具合は？」

「見ての通りですよ」左右吉は、夜具に横になったまま答えた。「まだ何か？」

弥太郎は、日根をちらりと見てから、

「一発殴り過ぎていたんでな。わざわざてめえの居所を探して、言い忘れたことを伝えに来てやったんだ。ありがたく思え」

「あんたかい、やったのは」千が熱り立って詰め寄った。左右吉は千を制し、弥太郎に話すよう言った。

「下谷御数寄屋町の塗物問屋《多嶋屋》。知ってるか。大店だ」

「お店を見たことはありやすぜ」

「豊松が、そこのお内儀と会っていた。今年の初めだ」

場所を聞いた。

「不忍池の中島にある茶店だ。その脇で、人目を避けるようにして立ち話をしていた。この、しけた暮らしだ」弥太郎は無遠慮に借店を見回し、おめえには縁がないだろうが、と言って続けた。「《多嶋屋》は大店だ。豊松とは釣り合わねえ組み合わせだとは思わねえか」

「お内儀の年の頃は？」

「そうよな。三十路をいくつか超えたくらいのもんだろう」

豊松は二十八だ。左右吉は意気込んで聞いた。

「二人は、どんな様子で？」

「理無い仲、てなもんではなかったのだけは確かだな」

そう装っていただけかもしれねえじゃねえか。言おうと思ったが、止めた。てめえの目で確かめれば済むことだ。

「あんた、よくその女が《多嶋屋》のお内儀だって分かったね。尾けたのかい」

千が言った。

「野暮なこと、聞くんじゃねえよ」弥太郎は、軽く舌打ちした。

「わざわざありがとよ。これで貸し借りなし、と思ってくんない」

「あばよ」

弥太郎が去るや否や、千が腰高障子を柱に打ち付けるようにして閉めた。

「敵討ちのつもりかよ」左右吉が言った。

「鮮やかなものだな」日根が言った。

「何だい、分かっちまったのかい？」

「指先が動けば、腕が、肘が動く。人の身体は、そのように出来ている」

「敵わないねえ」千が袂から弥太郎の巾着を取り出し、掌に載せた。「どっちがしけてるのさ。大して入っちゃいなさそうだよ」

巾着を逆さに振った。一朱金が二枚と四文銭が三枚、それに一文銭が一枚、零れ落ちた。

「上々の吉だよ。これで、精の付くもんでも食べちまおうよ」

「駄目だ。掏摸の上前をはねるような真似は出来ねえ」

「私も、武士として……」日根が、小声で言った。

「遅いよ」

「私が、か」

「二人ともさ。あたしに奢(おご)られて、ほくほくと飯を食ったことがあっただろ？」

「あった」日根が頷いた。

「あたしの持ち金は、みんな掏(す)り取った金だよ。今更吐き出せなくて、気の毒だけどね」

「そうであったか……」

「知らなければ食えたが、掏るところに出会(でくわ)しちまった以上は食えねえ」

「旦那も、食いたくないかい」

「いいや。私はこのところ、ちと融通(ゆうずう)が利(き)くようになってな」

「どんな金で食べても、味は同じだろ？」

「不思議なことに、そうだな」

「今夜は美味(うま)い肴で一杯だね。来るかい？」

「楽しみにしておこう」

「あんたは寝てな。動くんじゃないよ」千が左右吉に言い置いた。

「動きたくても、今日は無理だ」

左右吉は、額に載せていた手拭を裏に返した。

翌日と翌々日の二日間、左右吉は借店で静かに過ごし、二十五日に床上げをした。

「もう大丈夫か」朝の飯を炊いていると、日根が壁の穴から顔を覗かせた。

「いつまでも寝ている訳にはゆきませんし、《多嶋屋》のお内儀のことも気になりますしね」

「何だ、豊松の一件は終わったのではないのか」

「そのつもりだったんですが、聞いてしまったからには調べねえと、けじめがつけられねえんですよ」

「困った性分だな」日根は頭を壁から突き出したままでいる。

「旦那、飯ぃ、一緒にどうです？　味噌汁と沢庵ですが」

「助かる。今朝は、まだ起きたばかりでな。いや、実に助かる」日根が蛇のようにするすると壁を抜けて来た。

朝餉をともに済ませた後、道場に行く日根と長屋の前で別れた。佐古田流の道場は神田旅籠町一丁目にある。もし左右吉が真っ直ぐ下谷御数寄屋町の《多嶋屋》に行くのならば、道場まで一緒に行くのだが、左右吉には別に行くところがあった。内神田を南に下り、日本橋、京橋と抜けた先にある尾張町二丁目の老舗呉服問屋《松前屋》が、目指すお店だった。

豊島町から尾張町までなら半刻（約一時間）も掛からない距離だったが、この日は身体をいたわりながら歩いたせいか、半刻を超えていた。

お店は信用第一である。十手持ちが表から入る訳にはゆかない。裏に回り、宿持別家の仁右衛門に会いたい旨を伝えた。宿持別家とは、妻帯と別家を構えることを許された番頭のことである。許されてから、晴れて別家として独立するまでの三年程の間、御礼奉公として本家のお店に勤めるのだ。

左右吉は、仁右衛門の指示で、店奥にある番頭らの休息の間に通された。出された茶を飲んでいると、仁右衛門が来た。

「また、どこぞ商売敵のことをお尋ねですか」

左右吉は、掏摸殺しの一件で、《松前屋》の商売敵である《室津屋》を潰したばかりだった。

「お店の場所も商いもまったく違うのですが、大店というと、こちら様しか知らないもので」

「どこです?」

《多嶋屋》の名とお店のある場所などを話した。

「それはまた、私どもの稼業とは掛け離れていますね」

「もし塗物を扱っているお店をご存じでしたら、お教えいただけないでしょうか」

「分かりました。この加賀町に《萬屋》さんという塗物問屋があります。そこのご主人に伺うとよいでしょう。今、一筆書きますので、持って行かれなさい」

「何から何まで、ありがとう存じます」

「私は何も、人が良いとか親切でやっているのではありませんよ。あなたのお蔭で、大きな商いが纏まろうとしている。そのお礼だということを忘れないでくださいね」

「心しておきます」

《萬屋》の主は、《松前屋》の仁右衛門の丁寧な紹介の文があったため、知っている限りのことを話してくれた。

それによると、《多嶋屋》が大店として知られるようになったのは、ここ十年ばかりのことで、以前は下谷長者町で手堅いだけの商いをしていた。その頃に前妻を亡くしている。それが十一年前に後添を貰い、長者町から御数寄屋町に店を移した。これがよかったのか、急に家運が上がり、瞬く間に大店の仲間入りをしたらしい。その辺りのことを詳しく知っている者がいないか尋ねたが、《萬屋》の主には心当たりがなかった。

こうなれば歩き序でだ、と御数寄屋町まで行き、ここ数年の間に《多嶋屋》を辞めた者がいないかどうか、自身番で調べてみた。

人別改は、六年ずつの区切りで、「子」の年と「午」の年に行われると決まっている。

この六年の間に動きはなかった。自身番には六年分の記録しかない。《多嶋屋》の内儀についても、それとなく聞いてみたが、これといった話は出なかった。《多嶋屋》とそこの内儀のことだけを聞いたのでは、自身番の者に、どこのお店を調べに来たのか直ぐに悟られてしまう。まだ何も起こっている訳ではない。迷惑を掛けることにもなりかねない。左右吉は《多嶋屋》を挟む四つの店についても尋ねた。そのせいで思いの外刻を費やしてしまった。

六年より以前の《多嶋屋》の奉公人の出入りを調べるには、人別帳の控えを遡って見るという手があった。控えは名主の家と奉行所にあるが、いずれにしても手下の身分では、容易に見ることは出来ない。

親分から定廻りの山田様にお願いし、奉行所にある控えを見せて貰う許しを得るしかなかった。

帰りに親分の富五郎の家に寄り、話してみようと思って歩き出したのだが、ひどく疲れてしまい、足が前に出ない。明日に回すことにした。

ほんの二、三日でも動かずにいると、身体はてきめんに鈍るものなのだ、と左右吉はつくづくと思い知らされた。

四月二十六日。朝五ツ（午前八時）の鐘が鳴り終わって、まだ間もない。

左右吉は、佐久間町四丁目裏地にある親分・富五郎の家の引き戸をそっと開けた。

「お早うございやす。左右吉でございやす」

声を掛けると、富五郎の女房の鶴が台所から現われた。

「朝餉は済んだのかい？」

「へい。食べて参りやした」

「何だい。どうせなら、もう少し早く来て、ここで食べなね。茄子と唐茄子の区別もつかないようなのに食べさせても、張り合いがないいんだよ」

鶴は回り髪結を生業(なりわい)にしていた。商家の女に人気があり、昼前から夕方近くまで髪結道具を収めた鬢盥(びんだらい)を提(さ)げて、帳場(ちょうば)（得意先）を回って歩くこともある。

「誰だ？」

奥から富五郎の声がした。

「逆らうんじゃないよ」

鶴は小声で左右吉に言ってから、左右吉が来たことを告げた。

「上がれ」

奥の六畳に行くと、富五郎が手にした湯呑みで畳を指した。

「座れや。何だ、てめえでも、飯時を外すくらいの礼儀はわきまえているらしいな」

仕方なく頭を下げていると、別間にいた手下の繁三(しげぞう)と弥五(やご)と平太(へいた)らが座敷に入ってきた。

富五郎は四十六歳、繁三は三十歳。二十五歳の弥五と二十一歳の平太は、二十七歳になる左右吉よりも年下だった。繁三は通いで、他の二人は富五郎の家で寝起きをしている。しかし、通いの繁三も、三食は皆と一緒に摂っていた。それが親分子分の在り方であった。

「てめえが朝っぱらから来ると、碌なことがねえが、何だ？」

「お願いがあって参りやした」

「ほらな」富五郎が繁三らを見回した。繁三らが困ったように左右吉を見た。

「下谷御数寄屋町の塗物問屋《多嶋屋》に雇われていた者に聞きたいことがあるのですが、この六年の間には辞めた者がおりやせん。そこで、人別帳を見られたら、と思いまして……」

「山田の旦那に頼んでくれってか」

山田義十郎は、富五郎が手札を貰っている北町奉行所の定廻り同心だった。

「へい」

「てめえ、随分と偉くなったな。俺を、使いっ走りと間違えちゃいねえか」

「決してそんなことはござんせん、親分」

「一体《多嶋屋》の、何を調べてえんだ？」

「それが、今んところは、はっきりとは分からねえんですが……」

左右吉が知っているのは、豊松が内儀と立ち話をしていた、という話だけだった。それとても、己の目で見た訳ではなかった。だが、内儀と立ち話をしている姿を見られたのを最後に、豊松の足取りはぷっつりと途絶えているのだ。まずは、内儀と《多嶋屋》について、何でも知りたかった。

「じゃ、何か、何も見えてねえのに、俺様や山田様のお手を煩わせようってのか。そいつぁちっとばかし、甘ったれてるのと違うか」

途端に、顔から火が出た。そうだ。まだ、内儀に会ってもいないのだ。人別帳だ、山田様だ、と俺は何を舞い上がっていたのだ。これでは、駆け出しと一緒じゃねえか。

「面ぁ洗って、出直して来い。目障りだ」富五郎が手の甲で追い払う真似をした。

「ごめんなすって」

いたたまれずに座敷を飛び出した。何も摑めていないうちから親分を頼った己の先走りを呪った。玄関まで送ろうとして立ち上がった弥五と平太を、富五郎が止めた。

「行くこたぁねえ。放っとけ」

廊下を曲がり、玄関に下り、草履に足指を捻じ込んでいるところに、鶴が来た。手に持っている風呂敷包みを左右吉の胸に押し付けた。温もりと大きさから、握り飯だと知れた。

「どこかで食べな。少しだけれど、小遣いも入っているからね。あたしには、御用のことは何も分からないけど、我慢だよ、我慢。分かったね」

「姐(あね)さん……」

　鶴に頭を下げ、玄関を出、走った。弥太郎に蹴られた腰が痛んだが、痛みが却(かえ)って気持ちよく感じられた。行き交う人の間をすり抜けるようにして走った。恥ずかしさと情けなさで打ちひしがれた心が、胸に抱いた風呂敷包みの温(ぬく)みで、少しずつ溶けてゆくのが分かった。

　そのまま小走りになって御徒町(おかちまち)に出、下谷広小路(ひろこうじ)へと足を向けた。

　こうなりゃ、《多嶋屋》の内儀に会い、何を話していたのか聞き出すしかねえ。とは思うものの、正面からお店に乗り込んだのでは、内儀にどんな迷惑を掛けるか知れたものではない。内儀が外出(そとで)するのを待ち、声を掛けるしかないだろう。

　左右吉の思いは決まった。

　《多嶋屋》は下谷広小路を北に進み、三橋(みはし)の手前で横町を西に折れたところにあった。大店が並んでおり、出入りを見張れるような蕎麦屋などは見当たらなかった。

　仕方なく《多嶋屋》の表を見通せる角地にしゃがみ込み、風呂敷を解いた。竹の皮に包まれた握り飯の上におひねりがあった。開けてみると、一朱金が二枚入っていた。

　拝んでから袂に落とし、握り飯を頬張った。塩が利いていた。歩いて汗を掻くからと、鶴の握り飯は塩をきつくしてあるのだ。

　二つ目を平らげ、指に付いた飯粒を前歯で一粒一粒しごいていると、ふっ、と目の前が暗くなった。人が立っている。目を上げた。

　千と同じ元締の下にいる三次だった。二つ名は、すっぽん。食い付いた獲物は決して離さない、若いが凄腕と言われる掏摸である。

　三次は、この日も青梅縞の布子に黒琥珀の帯を締め、紺足袋に雪駄という、見る者が見れば一目で掏摸と分かる身拵えをしていた。

「千の姐さんに聞きました。もう身体は大丈夫なんで？」

「あいつは大袈裟でいけねえ。蚊に刺されたようなもんよ」

「そいつはようござんした」三次が声を潜めた。「これは、見張りで？」

「そんなところだ」

「ご迷惑でしたら、消えますが」

「たった今始めたところで、まだ海のものとも山のものとも、だ。いてくれて構わないぜ」

「なら」

三次は左右吉の脇にしゃがみ込んだ。

「握り飯が一つ残ってるけど、食うかい？」

三次は迷いもなく、いいえ、と言った。指先がべと付きますので。

「おめえさんらしいな」

「差し出がましいようですが、誰を？」

「あそこだ」と目で、《多嶋屋》を指した。「お内儀に聞きてえことがあってな。出て来るのを待っているんだ」

「お手伝いすることは？」

「いいよ。商売の途中だろうが」

「あっしは掏摸ですぜ。商売に精を出せと煽るのは、ちょいと……」

「そうか。そりゃ、そうだな。どうも千が近くにいるせいで、身内みたいに感じちまうんだな。気を付けよう」

左右吉は三次が立ち去った後も角地に居続けたが、この日、内儀の外出はなかった。

更に翌日から三日の間、ぴたりと《多嶋屋》に張り付いてみた。しかし、内儀の姿を見ることは出来なかった。

四

四月三十日。朝五ツ。

左右吉は日根とともに和泉橋を南から北へ渡っていた。神田旅籠町一丁目にある道場へ誘われたのである。和泉橋を渡って西に折れ、筋違橋の手前で北に曲がれば、旅籠町までは僅かな距離だった。

「実を言うと、名塚殿から伴うて来るようお指図があったのだ」

名塚隆一郎は、道場の師範代である。左右吉が道場通いを続けていられるのも、名塚のお蔭だった。町屋の者のくせに、と散々打ち据えられた後、門人たちから無視されていた左右吉に、いつも声を掛けてくれていた。

――休むと勘を取り戻すのに手間が掛かるからな。毎日とは言わぬが、何日置きと決めて来るがよいぞ。待っているからな。

道場に近付くに従い、竹刀の音が高く聞こえてきた。

「この音に心が逸ってな、駆け出したものだ。まだ十三、四の頃であったな」日根が、片頰を歪めるようにして笑った。

「旦那には、男のお子さんがいらっしゃいましたよね」

「うむ」

日根の家は家名断絶、家禄没収の上、領外追放になっていたため、妻子は領外の山里にひっそりと移り住んでいた。

「どうです、思い切って江戸にお呼びになられては」

「出来ると思うか、いつ何時襲われるか分からぬというのに」

「では、このままずっと別れてお暮らしになるのですか」

道場の門前に着いた。

日根は足を止めると、その話は忘れろ、と言った。

「二度と言ってくれるな。よいな」

「へい……」

日根と玄関の前で別れ、左右吉は裏に回り、土間へ足を踏み入れた。下働きの兼が、左右吉に気付いて、相好を崩した。

「水は大丈夫かい？」水甕に目を遣った。年のいった兼には、水運びは苦労だった。

「いいところに来てくれたよ」

「任せときな」

両手に桶を持ち、何度か往復して、甕を満たした。町屋の者が武家に交じって剣を習わせて貰うのである。裏の手伝いは礼の一つだ、と左右吉は心得ていた。

「薪は、どうだい」

山と積まれていた。名塚が割ったものだ、と兼が言った。

「これだけあれば、当分大丈夫だな。それじゃ、道場に行ってくるぜ」

「ありがとうよ」兼が椀に白湯を注ぎ、砂糖を一摘まみ落とし入れ、にっ、と笑った。片手で拝み、一息に飲み干して、台所を後にした。

道場では大名家や旗本家の家臣らが組太刀の稽古をしていた。それを日根が腕組みをして見ている。隣に立ち、日根に話し掛けているのは、譜代の大名家で馬廻役を務めている赤垣鋭次郎だった。

赤垣は町人が道場に通うことを毛嫌いし、何かと言うと左右吉に絡んだ。そんな赤垣と一本勝負を行なうことになり、あろうことか左右吉が胴を決めて勝ってしまったことがあった。二月ばかり前のことになる。明らかに赤垣の油断であり、慢心のせいであった。以来、前にも増して左右吉への風当たりは強くなっていた。

敷居際に腰を下ろした左右吉に気付いた日根が、来い、と手招きをしている。赤垣を見た。顔を背けている。

ここで、見ております。仕種で示したのだが、分からないのか、日根はなおも手招きをしている。

仕方なく立ち上がり、隅を伝って、日根の横に行き、赤垣に目礼した。

「近くに来るな。俺はお前が嫌いだ」

「相済みません。直ぐ行きますんで」

「見ているばかりでは」と日根が、赤垣には構わずに言った。「上達せぬぞ。稽古をせい」

「へい……」

「分からぬ」赤垣が、左右吉から顔を背けたまま大声で言った。「何故貴殿のような方が、そのような小者と親しく口を利くのか、全く合点が行かぬ。それさえなければ、まさに非の打ち所のない御仁なのに」

赤垣の周りの者たちが、左右吉に目を遣り、黙り込んだ。

日根は、何も言わなかった。左右吉と赤垣の間に立ち、腕を組んだまま、静かに笑っただけだった。

赤垣の声で左右吉が来たことに気付いたのだろう、名塚隆一郎が、手を叩いて稽古を止めさせ、日根に言った。

「左右吉に稽古を付けてやってください」

「師範代、それは私に」赤垣が前に進み出た。

「いや、これは日根さんに頼もう。孤月流に左右吉の佐古田流がどれ程通じるか、見たいではないか。よろしいですか」

「私は構わぬが」

「あっしもお願いいたします」

赤垣が渋々引き下がり、羽目板際に腰を下ろした。

左右吉は一尺八寸（約五十五センチメートル）の竹刀を取り、振って腕を慣らした。日根は、三尺四寸（約百三センチメートル）の竹刀を手にしている。

三間（約五・五メートル）の間合いで向かい合った。

「しやせん」左右吉は腰を割り、体勢を低く構えた。一見我流の喧嘩剣法のように見えたが、構えは佐古田流のものであった。

「始め」名塚が声を発し、足を引いた。

日根の竹刀が下がり、止まった。そこから掬い上げるように斬る。水神剣か。

「どこを狙っているか、分かるか」

「胴ですか」

「そうだ」

「そうは、問屋が……」

言いさして、後の言葉を呑み込んだ。日根の足が滑るように動き、間合いが消えた。大きく跳び退こうとした左右吉の手から竹刀が叩き落とされ、二の太刀が胴を奪った。

何もせぬうちに胴を取られてしまった。

「一本」名塚の手が上がった。

「立ち合いに臨んだら、口を利くでない」日根が言った。

「旦那が話し掛けたんですぜ」

「遠慮いたすな」

「私には余裕があるが、お主にはない。その違いだ」

「もう一本。お願いします」左右吉が名塚に叫んだ。

「来い」日根が言った。

竹刀を拾い上げ、再び腰を割った。

相手を血に飢えた人殺しと思え。躱さなければ、こちとらの命はねえ。さあ、どうする？

左右吉は自らを追い込み、足を使う戦法に出た。間合いの外を回りながら、打ち込む隙を狙った。

「いかぬな。それでは勝てぬぞ」

日根が両の手を広げ、左右吉の動きを封じた。そこを狙い、日根の足許に身を投げ出すようにして斬り付けた。跳んで躱した日根に食らい付き、起き上がりざまに二の太刀と三の太刀を浴びせた。難無く竹刀を払われ、焦って身体が前に伸びた。その体勢のまま、左手一本で竹刀を突き立てた。佐古田流《翡翠の太刀》に似た形となった。だが、体勢が崩れた分だけ切っ先の伸びが足りなかった。日根の竹刀が風を切って打ち掛かってきた。左右吉は面を取られ、腰から床に落ちた。

「鋭い突きであった。後一歩踏み込んで突きを出していたら、あそこで勝敗は決していたかもしれぬぞ。ちと急ぎ過ぎたな」

「もう一本。これで最後(しまい)です」手を突いた。

「どうします？」名塚が日根に聞いた。

「受けよう」

「ありがとうございます」

左右吉は立ち上がると、竹刀を背に回して日根に近付き、間合い一尺五寸（約四十五センチメートル）のところで立ち止まった。日根は左手に竹刀を提げている。

「ここから始めてもよいでしょうか」

一尺五寸では、竹刀を構える間合いもない。

「策を練ったつもりか」

「この間合いでは、小太刀のほうが有利ですからね」

「そう思うなら、掛かって参れ」

左右吉と日根は、ともに左手に竹刀を持ったまま向かい合った。

日根の目を見つめていた左右吉の呼気が止まった。

その瞬間、日根の竹刀の柄頭(つかがしら)が、左右吉の鳩尾(みぞおち)を突いた。膝から崩れるようにして左右吉は道場の床に沈んだ。

「それまで」名塚の声が響いた。

数人の門弟が、倒れている左右吉に駆け寄った。

「お強い左右吉殿ともあろうお方が、どうした？」赤垣が床を叩いた。

日根は、赤垣を手で制すと、面白い攻めだったぞ、と左右吉に言った。

「また立ち合(お)うてくれ」

「へい……」

と答えはしたが、どうやっても日根には勝てそうもなかった。

「旦那は強(つえ)えや」

「そうでなければ困る。修行の年月が違うからな」

「左右吉、今日はそこまででよいだろう。上がれ」

名塚が言い、再び門弟たちに組太刀を始めるように言った。日根が若い門弟に乞(こ)われて竹刀を交えている。

暫く羽目板際に座って休んだ後、井戸端に行った。汗を拭いていると日根が来た。

「大丈夫か」

「もう何ともありやせん」

「そうか」

日根は屈託のない笑顔で、手拭を絞っている。

左右吉は思い切って憤りをぶつけることにした。

「旦那……」

言おうとして、足をぐいと踏み出したところに、誰かがばたばたと駆け込んで来た。

「いた、いた」千だった。

「何でえ。騒々しいな」

「それどころじゃないよ。元締が、あんたを呼べってんだよ。ひょっとして、何かしでかしたのかい？」

飛び梅に呼び付けられるような覚えはなかった。間違いか、さもなければ富五郎親分が飛び梅配下の掏摸をお縄にでもしたのだろう。

「直ぐ行く」

「私は、どうする？」日根が尋ねた。

話がこじれた時には役に立つかもしれない。

「知らねえところじゃないし、一緒に行って構わねえよな？」千に聞いた。

「あたしゃ、知らないよ。来たければ、来ればいいじゃないか」

「よし、決まりだ」

「相分かった」

左右吉と日根は汗を拭き終えると道場に戻り、名塚に稽古の礼を述べ、飛び梅の許へと急ぐことにした。

飛び梅こと掏摸の元締の梅造は、昌平橋と鎌倉河岸の中程にある蠟燭町で、表の稼業である舂米屋《常陸屋》を営んでいた。

足を急がせながら日根が、先程、と思い付いたように左右吉に言った。

「何か言い掛けたようであったが」

ありがてえ。そっちから言い出してくれりゃ世話ねえや。

「何か、じゃねえですよ」左右吉は吐き出すように言った。「旦那、俺は面白くねえ。どうして何も言ってくれなかったんです？」

「何のことだ？」

「そりゃあねえでしょ。さっき、ですよ。道場で、ですよ。旦那は笑っていただけだったじゃないですか」

分からぬ、と赤垣が言った。どうして、そんな小者と親しげに口を利くのか。あれか。あれで、向きになって掛かってきたのか。日根は、思わず笑いそうになったのを堪え、今は、と言った。

「二人を見ているのだ。そのうち、分かる」

「見てると、何か分かるんですかい？」

「そうだ」

「何が、さ？」千が後ろから声を掛けてきた。

「何でもねえ」左右吉は言葉を投げると、ずんずんと足を急がせた。

五

《常陸屋》が見えた。近付くと、玄米を唐臼で舂いている音がする。舂米屋は、注文に応じて米を舂き、玄米を精白するのが仕事である。

梅造は、《常陸屋》を切り盛りしていた女房を七年前に亡くしてからは、掏摸稼業の足を洗った者らに店を任せ、自身は元締として縄張りに睨みを利かせている。

店を覗くと、いつもの愛想(あいそ)のない老爺(ろうや)が、杵(きね)を踏み、玄米を舂いていた。左右吉は老爺に目で挨拶(あいさつ)をし、抜け裏に回り、千の後に続いて裏口の戸を潜った。日根も続いた。

「忙しいところを呼び出しちまって、済まなかったな」梅造が頭を下げた。

「お気遣いは無用にしておくんなさい。あっしどもは、忙しいなんてこたぁござい ませんので」

「そうかい、ありがとよ。今日呼んだのは他でもねえ、ちょいと言いづらいんだが、お前さんに是非とも頼みてえことがあってな」梅造は肉の薄い頰を撫(な)でると、左右吉を下から掬い上げるように見て、三次に聞いた、と言った。「《多嶋屋》のお内儀に聞きてえことがあるらしいが、亭主のことか」

「いいえ」

「お内儀自身のことか」

「へい」

「……悪いが、あれには手出しをしないでくれねえか」

「それは、また？」

「あの女の昔をほじくり返すのは酷だ。苦労してるんだよ」

「苦労なら、お内儀に限ったことではねえ、と思いますが」

「そりゃそうかもしれねえがな。並の苦労じゃねえ、と言えば……分かるか」

「まさか……」

「そうよ。あの女は、深川の《櫓下》にいたのよ」

「表ですか、裏ですか」

梅造の双眸がぎらりと光った。

「……表だ」

深川の岡場所の一つ《櫓下》は、永代寺門前山本町の岡場所のことで、火の見櫓があるところから、門前仲町の一の鳥居側を《表櫓》、その裏側の入堀通りの東側を《裏櫓》と言った。

日根が物問いたげな顔をしていたが、ここは控えたほうがと感じたのか、口を閉ざしている。

「板頭や板脇を張っていた訳じゃねえが、ちょいと気になる子供だったってことだ」

「子供？」思わず日根が千に聞いた。

「旦那」

左右吉が振り向いて、置屋が抱えている女郎を子供と言うのだ、と教えた。

「序でに言うと、板頭は揚げ代の稼ぎ頭の子供のことで、板脇は第二位、つまり二枚目のことなんで」

「成程」

頷いている日根から左右吉に目を移し、梅造が聞いた。

「おめえさん、あの女から何を聞こうというのか、話してみちゃくれねえか」

「よござんす。元締に隠そうなんて気は、毛頭ありやせん」

豊松のことを、十六で出会った時から順に話した。

「その豊松って野郎は、妙なことを考える奴か」

「妙な、とは？」

「昔のことで強請るとか、だ」

「金は入り用だったと聞いていますが……」

「金が要るのか。古着を売ったくらいの金なら、まず元手だな」

「博打、ですかい？」

「他にどうやって増やす手立てがある？」なあ？　と梅造は千に水を向けた。千が困ったように頷いた。

「賭場を探ってみます」

言いはしたが、豊松が出入りしていた賭場に心当たりはなかった。またぞろ阿部川町に出向いて、元締か弥太郎に聞くしかねえのか。

「それなら俺のほうが早い。任せろ」豊松の年回りと、見た感じはどんな奴か教えてくれ、と梅造が言った。「《多嶋屋》のお内儀の話は、その後だ」

春米屋の手伝いを頼まれた千を残し、左右吉と日根はお半長屋に戻ることにした。たまには借店の掃除をし、汗に塗れたものを洗わなければならない。

「面倒だが、致し方ないか」

「ご同様で」

お半長屋の木戸を潜り、路地を行こうとして、向こうから来る武家と鉢合わせになった。

武家の顎に大きな黒子があった。日根が仕えていた常陸国笠森・丹羽家の家臣・小池徹之進だった。

小池が現われたということは、刺客が来るのか。小池は、日根への果し状の届け役だった。

それは――。

常陸国は不作が続いていた。冷害のためである。藩の財政立て直しが急務となった時、城代家老は藩の御用商人と、新たな土地の開墾を請け負わせる代わりに、開墾による利益の一部を与えるという約定を交わし、その上藩の産物を江戸や京大坂へ卸す特権を与えた。

その御用商人から秘密裏に、莫大な金子が城代家老に流れたのである。それに気付いた勘定方から次席家老に知らせが入り、日根や日根の父らが調べているうちに、城代家老派と次席家老派の暗闘が始まった。

その中で日根の父は殺され、日根も多くの城代家老派を斬った。

事態の収拾を図った藩主・丹羽和泉守は、劣勢であった次席家老派の実質的な旗頭を江戸に呼び出し、暗殺するという挙に出た。大鉈を振るったのである。次席家老派からは派閥を離れる者、裏切る者が続出し、一派は瞬く間に崩れ、城代家老派が勝利を収めたのだが、そこから粛清が始まった。日根は領外追放になっただけではなく、今も暗闘の最中に斬った者の親族から仇として狙われていた。

目と目を見合わせている日根と小池の間に立ち、左右吉が口を開いた。

「またですかい？」

「……そうだ」

「掃除は明日にして」と左右吉が日根に言った。「酒でも飲みませんか」日根の返事を待たずに、小池に聞いた。「旦那も、どうです？　竹馬の友だったんでしょ」

「うむ……」小池が迷っている。

「飲むか」日根が言った。

「……よかろう」

「薄汚れちゃおりやすが、お侍の来ないところへご案内いたしやす」

左右吉は先に立って長屋を出ると、長屋近くにある比丘尼横町へと向かった。

比丘尼横町は土地の娼妓が数多く住んでいることから、そう呼ばれており、看板も暖簾もない娼妓相手の酒屋があった。

万場の爺さんの酒屋も、その一つだった。出入りする客が万場の爺さんと言っているので、左右吉もそう呼んでいるだけで、本当の名は知らない。万場というのは、上州の村の名であるらしいが、確かめたこともなければ、確かめようと思ったこともなかった。それでいい、と左右吉は思っていた。それだけの繋がりで十分だった。

建て付けの悪い腰高障子を開けると、土間の先に二階に上がる階段があった。四畳半ばかりの入れ込みの脇を通り、奥に声を掛ける。

「二階、使わせて貰うぜ」

「お客だよ」

入れ込みで酒を飲んでいた女が、板壁を叩いた。

裏戸が開き、万場の爺さんが内暖簾の隙間から顔を覗かせた。左右吉はもう一度同じことを言い、

「酒と何か摘まみを、な。それから」と女に言った。「呼んでくれたお礼だ。好きなだけ飲んでいいぜ」

「本当かい？」

「こう見えても、嘘と坊主の頭はゆったことがねえ」

「ありがと」女が糸のような目を更に細めた。

「いいってことよ」

二階に上がった。そこは爺さんの居室で、三畳一間に押し入れがあるだけだっ

た。

日根と小池が向かい合って腰を下ろし、左右吉は日根の脇に座った。

階段を上がって来る音がした。女が銚釐（ちろり）と猪口（ちょこ）と一緒に、浅蜊（あさり）の剝（む）き身と切り干しの煮物を持って来た。

「お手伝い」

女はそれだけ言うと、盆ごと置いて下がっていった。

日根と小池が猪口を取った。左右吉は二人の猪口に酒を注ぐと、手酌（てじゃく）で猪口を満たした。

日根と小池が僅かに猪口を上げ、飲み干した。左右吉も干した。

「今度は誰だ？」日根が聞いた。

「永田勝之丞（ながたかつのじょう）が助（すけ）っ人（と）に付く」

「強いんで？」左右吉が日根に聞いた。

「四天王の一人だ」日根が小池に言った。「勝之丞は、三十二になったところか」

「よく覚えているな」

「一つ年下でな。十代の頃は、よく稽古をした。その後、疎遠（そえん）になってしまったが、江戸で修行し、腕を上げたことは噂（うわさ）で知っている」

「江戸で何流を学んだかは？」

「知らぬ」

「夕雲流の一派、勿来夕雲流だ」

針ケ谷夕雲が興した夕雲流に、独自の工夫を凝らしたのが、勿来一心斎の勿来夕雲流であった。

「《相抜け》、か」日根が言った。

「そうだ」

「何です？」左右吉が聞いた。

「剣を交えるより先に、互いの力量を知り、戦わずして剣を納める、を理想とする剣なのだが……永田は相討ち覚悟で来ると見た方がよかろうな」

「それじゃ……」

「助太刀は、殿のご下命だ。どうしても、お前を亡き者にしたいらしい」

「名目人は？」

「町田卜斎の三男・宏三郎だ。嫡男はお主に敗れ、次男は早世しているので、三男まで駆り出された訳だ」

「あの家も哀れだな」

「間もなく国許を発つという話だ。江戸に着いたら知らせに来る故、居所を移るなよ」

「移らぬ」

女がまた上がって来た。盆に鉢を載せている。鉢の中身は、鰯と葱の酢味噌和えだった。焼いた鰯の身をほぐし、蒸した葱を加え、酢味噌で和えたものである。

「これは、美味そうだな」小池が早速箸を伸ばした。

小池は一口食べると日根に、美味いぞ、と言った。「食え」

そして思い付いたように左右吉にも勧めた。

日根は少し笑って応え、猪口に酒を注いでいる。酒を注ぐ音と箸の音だけが、座敷に響いた。

四半刻（約三十分）の後、小池を見送っていた日根が、左右吉に言った。

「どうだ。侍など、つまらぬものだろう」

四日後の夕刻、飛び梅から再び呼び出しが掛かった。

「《常陸屋》に来てくれってさ」千が長屋に知らせに来た。乗り掛かった舟だから、と日根が加わった。

蠟燭町へと急ぐ道すがら、日根が思い付いたように左右吉に聞いた。

「一度聞いておこうと思うたのだが、飛び梅殿は常陸の出なのか」

知らなかった。千に尋ねた。

「確か、姐さんが、元締の亡くなった女将さんのことだけど、その姐さんが屋号を付けたって話だけどね」

話は、そこで途切れた。

間もなく春米屋に着いた。

「おう、分かったぜ」梅造が手招きしながら言った。「野郎、去年の暮れも押し詰まった頃、古着を売り払った銭ぃ持って、明神下の賭場に行ってた」

「それで？」

「お定まりの、すっからかんよ」

「豊松に間違いないんですね」

「野郎を見知っていた男が言ったんだから、間違いねえ」

「そいつの名と、賭場の場所をお聞きしても？」

「そう来るだろうと思って、書いておいた」梅造が、半切を左右吉の前に置いた。男の名と、賭場の立つ大名家下屋敷の場所が認められていた。

「何から何まで」左右吉に倣って千も頭を下げた。

「豊松は」と梅造が話し始めた。「暮れにすっからかんになった。《多嶋屋》のお内儀と立ち話をしていたのは年の初めだったな」

「へい……」

「お内儀を強請っていたかもしれねえぞ」

「豊松は、そんな奴じゃござんせん」

「咽喉が渇いても、我慢は出来る。眠くとも、膝ぁ抓って堪えることは出来る。だがな、金が入り用になると、人は変わる。鬼にも蛇にもなる。そうじゃねえか」

返す言葉がなかった。そのような者を腐る程見てきた。豊松も、その一人になっちまったのか。

「もし、お内儀の人に言えねぇことを知って強請ったとなったら、こいつは相当深い事情かもしれねえ。お内儀のように、岡場所から抜け出して、今じゃいっぱしの大店に収まっている女はごまんといる。大きな声じゃ言えねえが、住吉町の合羽装束問屋のお内儀は吉原だし、橘町の草履問屋のは品川だ。当人は触れられたくないことかもしれねえが、江戸の者は、そんなこたぁ気にゃぁしねえ。今が幸せでよかったな、ってなもんだ。だからよ……」

梅造は言葉を切って、左右吉を見つめた。

「それでも強請られたとすると、それ以上の何かを握られていたってことですかい？」

「分からねえ。俺には分からねえ」

「お内儀がいたのは、《櫓下》の何て子供屋で？」

「今はもう、燃えてなくなっちまったが、《尾花屋》とか言った。俺はあの女の客になったことはねえが、二十歳の頃を見てはいる。その時の横顔が忘れられねえんだ。何て言うか、不幸の塊のような面をしてたもんでな」

梅造は洟を拳で横に拭くと、だからよ、と言った。

「何をしたとしても、俺はお内儀に味方するぜ。それだけは言っておくからな」

《常陸屋》を辞して、外に出た。日は殆ど沈み掛けていた。

「どうすんのさ」千が左右吉に聞いた。

「豊松の行方が分からない以上、《多嶋屋》のお内儀に聞くしかねえだろうが」

「お店に行く訳にはゆかぬのか」

「元締の話を聞いたら、余計行けませんや。それでなくとも、町方が行けば、何だと人の目を集めますからね」

「いいのかねえ？」千が《常陸屋》のほうを振り返り、小声で聞いた。

「お前は外れろ、俺が一人でやる」

「私も、か」日根が言った。

「これは町方の仕事ですから」

「そう言うな。気を紛らわせるのによいし、一人より二人、何かの役には立つであろう」

夕闇の中、歩き始めた三人の後を、遊冶郎風の男が一人、ぶらぶらと歩いていた。その後ろ姿を密かに尾ける者がいた。一膳飯屋《汁平》の飯炊き・銀蔵であった。

第二章　《多嶋屋》倫

一

五月五日。

左右吉と日根孝司郎は、遅い朝餉の後、洗い物を済ませると、端午の節句の賑わいを余所目に、明神下に向かった。

飛び梅に教えられた大名家の下屋敷に行き、豊松が本当に賭場で負けたのか、その時に何か言っていなかったかを聞くためである。

飛び梅の調べには間違いも、抜けもなかった。豊松は有り金をなくし、何も喋らずに立ち去ったらしい。新たに得るものはなかった。やはり、《多嶋屋》の内儀に話を聞くしかない。

御数寄屋町に回った。

一刻半（約三時間）程お店の出入りを見張ってみたが、内儀らしい女は一度も出て来なかった。

「前に見張っていた時も姿を現わさなかったということは、まさか、病とかではあるまいな？」

そう言われると、にわかに心許なくなった。自身番に行き、尋ねることにした。

日根に後を託し、御数寄屋町の自身番に向かった。前月の二十五日に顔出ししているから、十日しか経っていない。上手い言い訳を考えねばならない。

自身番の大きさは間口九尺（約二・七メートル）奥行き二間（約三・六メートル）と定められていたが、手狭なので奥行きを三間（約五・四メートル）にするところが多く見られた。御数寄屋町の自身番も九尺三間であった。

「ご免よ」

腰高障子を開けると、五つの頭が一斉に戸口の左右吉を見た。大家二人、店番二人、書役一人の五人である。書役だけが見た顔で、他の四人は月が変わったので、新たな顔触れになっていた。

「これは、これは」書役が言った。「こちらは……」

「てめえに言わせておくんなさい」

左右吉は書役を制すると、懐から切紙を取り出し、開いて見せた。切紙とは、己が町方の手の者であることを証す半切の紙のことで、八丁堀同心の名と、親分の名前、小者である己の名が記されていた。

「何か、起こりましたんでしょうか」大家らしい茶鼠色の羽織を着た男が、左右吉に聞いた。

「下谷のあちこちで、お店の品に難癖を付けてゆく者が出たとか聞いたのですが、この辺りはどうなんで？」道々考えた言い訳を口にした。「揉め事が起こった時は、内々で済ませようなどとは思わずに、町内で応じ、手に余るようなら御番所（奉行所）に走るように、と八丁堀の旦那からのお指図がございまして、それを御町内の方々に伝えて貰いてえんで」

「承知いたしました」

「それから、このところあちこちで床に臥せっているお方がいるとか聞きましたが、御数寄屋町ではどうなんです？　妙な流行り病が出たら困りますからね。例えば、《川越屋》さんは？」《多嶋屋》の隣のお店だった。病の者がいるという話は聞いていない、と茶鼠が答えた。

「隣の《多嶋屋》さんは？　あそこのお内儀……。ええと、確か名は、お鶴さんとか仰しゃいましたっけ？」

「お倫さんでしたよね」茶鼠が書役に聞いた。

「左様でございます」

「そうでした。そのお倫さんですが、病弱だとか聞きましたが」

半刻（約一時間）程して戻ると、日根がほっとしたような顔をして首尾を尋ねた。

「上々の吉でさあ。今日は奢りますぜ。帰りやしょう」

「よいのか、見張らずとも」

「外出する日が分かったんですよ」

「いつだ？」

「八日です」

《多嶋屋》の内儀の倫は、毎月八日の鬼子母神の縁日の日に、お店から十四町（約一・五キロメートル）のところにある「恐れ入谷の鬼子母神」で有名な真源寺まで女中を供にお参りに出掛けるのだ、と茶鼠から聞き出したのだ。

「出て来たら、どうするのだ？」

「聞くんですよ、豊松のことを」

「それだけか」

「何か後ろ暗いところがあれば、動くはずです。それを待つしか、ありやせんね」

「また待つのか」

半刻立たせていたことで、待つことに飽きているらしい。日根の気を晴らそうと、食い物に話を振った。

「どこかで、何か食いますか」

「そうよな、懐具合を考えると、やはり《汁平》に行くしかあるまい」

銀蔵に似た男の一件がその後どうなったかも気になった。何かあれば、向こうから言ってきそうなものだが、それがない。ないことが、余計左右吉には不自然に感じられた。それとなく、様子を見てやるか。だが、下谷からわざわざ《汁平》まで戻るのも面倒だった。夕餉に寄ればいいだろう。

「たまには、珍しいところへご案内いたしやすよ」

不忍池をぐるりと回り、根津権現に行く手前にある池之端七軒町だった。池之端七軒町は岡場所で鳴らしているところで、裏通りに鶏の皮と臓物を食べさせる店があった。そこは豊松に教えられたところでもある。もしかしたら、何か知っているかもしれない。

「任せる」

「そうしておくんなさい」

善光寺前町にある店賃日払いの長屋に住み、《いろは茶屋》の地回りの下っ端をしていた二十歳の頃には、足繁く通ったものだが、この三年ばかりは顔を出してはいなかった。

左右吉と日根は、池之端七軒町へと足を向けた。

池之端七軒町の通りから脇に折れると、軒を突き合わせたような路地になる。窓障子は開けてあり、そこに女が並んでいる。相場は、一切百文だ、と左右吉が言った。一切とは、一回の遊びの長さのことで、土地によって半刻から一刻（約二時間）の違いがあり、線香一本が燃え尽きるまでの長さ（約三十分）で数えるところもあった。二十四文程度の夜鷹よりは高いが、随分と安いことになる。

そのまま奥に行き、更に二つ程曲がると、甘辛く、ねっとりと香ばしいにおいが漂ってきた。

「皮を焼いているんです。これが美味いんですよ」左右吉が足を速めると、日根も遅れじと続いた。

「あそこです」

左右吉が指さした家の戸から、煙が這い出してきている。

煙を掻い潜るようにして左右吉が土間に入った。日根も左右吉を真似、身を屈めて店に足を踏み入れた。

亭主の茂助が、炭火で醤油と味醂と酒のたれに浸けた鶏の皮を焼いており、横の大鍋で皮と臓物などを煮ていた。

軍鶏や雉、鴨などを好む者は多かったが、鶏は愛玩のために飼われ、卵は食べても、鶏の肉をあえて食べようという者は殆どいなかった。だが、食べられそうなものには、何にでも手を出したくなるのが人情でもある。卵を産まなくなった鶏を絞め、捌いて食べる者もあれば、それを商いとする者もいた。

茂助は、こんなに安くて美味えもんはねえから、と鶏を仕入れてきては捌いて調理した。

声を掛けた。茂助は昨日会ったばかりのように、おう、と言葉を返しただけだが、声を聞き付けて出て来た女将が、でかい声を出した。

「何だい、随分とお見限りだったじゃないかい」

相変わらず、肥えていた。痩せるなんてことは知らねえらしい。見る度に丸みが増している。左右吉の身体を上から下まで見回すと、

「まだ悪さしてんのかい。いい加減にしないと、終いにゃ泣きを見るよ」

本気で言っている分、始末が悪い。

「冗談じゃねえよ。見てくれ。まっ正直に生きてる姿をよ」

「正直者なら、今頃はまだ働いてる刻限だよ」

「そう言われると、返す言葉がねえや」

酒と、皮の焼いたものと煮込みを頼んだ。

皮にも煮込みにも、七味がかかっている。

「さあ、旦那」左右吉に勧められ、日根が箸を取った。小さな一片を摘まみ、口に投じている。

「いかがです？」

「美味い。このようなものは初めてだ」

「で、がしょう？」

左右吉もたっぷりと七味のかかったところを口にした。皮の脂の甘みを七味がぴりっと引き締めており、嚙めば嚙む程旨みが滲み出してきた。酒で脂を洗い流し、また口に入れた。

日根に臓物の煮込みを勧め、女将に豊松を見掛けなかったか、聞いた。

「見ないよ。もう四、五年くらいになるかねえ」

「そうかい……」

「堅気になったって聞いたよ。あれは、誰からだったっけね」女将が亭主の茂助に聞いた。

「目の前にいらあな」茂助が左右吉を顎で指した。

「あら嫌だよ。年は取りたくないもんだね。仕入れた先を忘れて売っちまったよ」

「豊松さんを探しているのかい」茂助が言った。

「久し振りに会いたくてね」

「ということは、堅気には成り切れなかったって訳だ」

「それが分からねえんで探してるんだ」

茂助が女将に、花蝶(はなちょう)を呼んで来てくれ、と言った。

「あの娘(こ)がどうしたのさ？」

「確か、見掛けたって話をしていたことがあったんだよ」

済まねえ、頼むわ。あいよ。女将は出ると直(す)ぐに戻ってきた。後ろに、首に白い布を巻いた痩(や)せぎすの女がいた。年は三十という頃合だろう。古手だろうが、顔には見覚えはなかった。

「花蝶さんかい？」

「そうだけど」

「忙しいところを呼び出して悪かったな。これは」と言って、おひねりを渡した。相場の一切の二回分を入れておいた。「遊び代だと思ってくれ」

花蝶がにわかに作ったような笑みを浮かべた。

「何か食うかい」

皮を指さした。

「もう一皿頼むぜ」茂助に言い、豊松の顔はよく知ってるのかい、と花蝶に聞いた。

もう十一年くらい前だけど、あたしが七軒町(ここ)に来た時分には、ちょくちょく見掛けた顔だった、と花蝶は答えた。

左右吉が、この店に初めて連れて来られたのも、その頃だった。

「よく覚えていたな」

「そんなに頭ぁよくないよ」

豊松は、古着屋になってからも、時折はここを訪れていたらしい。

「だから、見間違いってことはないよ。ま、信じてくれなくてもいいけどさ」花蝶は立ち上がると、勝手に盃(さかずき)を取って来た。

左右吉は酒を注(つ)いでやりながら詫(わ)びた。「気に障(さわ)ったら許してくんな、何しろ見付からないもんだから、ちいっと焦ってるんだよ」

「いいよ。あんた、いい人だって分かってるからさ」

「で、いつ、どこで見掛けたのか、教えてくれねえか」

「今年の初め頃だよ。七草(ななくさ)の前だったと思うけど、池之端の仲町(なかちょう)の辺りをうろうろしてたんだよ」

「おめえがか？」

「何であたしなのさ。豊松さんに決まってるでしょ」

仲町の南隣は御数寄屋町である。それくらいのことは分かったのだろう。日根が箸を止めて、花蝶の言葉を聞いている。

「うろうろってのは、どんな感じだい。詳しく話してくれ」

「何て言うか、誰かが出てくるのを待ってるっていうか……。いらいらしてる風だったんで、声は掛けなかったんだけど。それっきり見ないね」

「人を待ってたと言ったが、どっち辺りの人を待っている様子だったい？」

「そりゃ、仲町……か、その辺りの人じゃないの」

「ありがとよ。探す目当てが出来たぜ」

「そりゃ、よござんした」

鶏の皮が焼けてきた。まだ脂が音を立てていた。煙の出ているものもある。

「食べてくれ」花蝶に言ってから、日根に、どうです、と聞いた。

「来た甲斐(かい)があったな」

日根が箸を動かしながら言った。

皮のことを言ってるのか、と一瞬絡(から)んでやろうかと思ったが、半分は当たっていそうな気がして止(や)めた。

夕刻、《汁平》に顔を出すと、蓑吉も銀蔵も変わりなく働いていた。

千が、どこ行ってたのさ、と丼(どんぶり)を置きながら聞いた。

どうやら今日も一日中、舂米屋の手伝いをさせられていたらしい。

「足も腰も、くたくただよ。他人様の懐狙ってるほうが、余っ程楽だよ」

二

五月八日。昼四ツ（午前十時）。

《多嶋屋》の暖簾が持ち上がり、三十をいくつか過ぎた頃合の女が姿を現わした。番頭や手代が見送っているところから見て、内儀の倫であると思われた。

倫は、女中一人を供に忍川に架かる三橋を渡ると、五条天神を東に、下谷町二丁目の前を通り、山下を車坂門のほうへと歩いている。どこかで美味い昼餉を摂る算段になっているのか、女中の尻が嬉しげにぷるぷると揺れている。

この時を逃すと、いつ倫に話を聞けるか分からない。

左右吉は足を速め、間合いを詰めた。この日のために道場での稽古を休んだ日根は、離れたところで見守っている。今後万一にも倫を尾けるようなことになった時のために、顔を知られていないほうが、と考えたからである。

倫が、気配を察したのか、足を止め、振り返った。

「見間違えていたら、ご免を蒙りま す。《多嶋屋》のお内儀様ではございませんか」

「はい」黒目勝ちの瞳が、真っ直ぐ左右吉に向けられた。「そうですが」

左右吉がどこの誰なのか見定めようとしているのか、目を離そうとしない。

「あっしは」向柳原の御用聞き・富五郎の手下で左右吉って者です、と名乗り、人を探しているのだ、と告げた。

「それが、私と何か」

「へい。探しているのは豊松という男です。ご存じじゃありやせんか」

「いいえ」倫は何のためらいも見せずに答えた。

「左様ですか。よく思い出していただけるとありがたいんでやすが……」

「知らないものは、知らない、としか」

「今年の正月に、不忍池の中島で、お内儀さんと豊松が立ち話をしているのを見た、という者がおりやすんですよ」

「思い違いでしょう。正月は年始の方がたくさんお見えになるので、外出は差し控えております」

「では、どうにも豊松という名に心当たりはない、と」

「本当に知らないのですから、そうとしか申し上げられません。何かお疑いでもございましたら、お店のほうにお出くださいさい。では、先を急ぎますので」

倫は女中を促して、左右吉に背を向けた。

左右吉は、少しずつ遠退いて行く倫の後ろ姿を暫く見送っていた。

「知らぬと言ったようだな」いつの間に来たのか、日根が顎を擦りながら言った。

「口では、ね。ですが、ありゃあ知ってますね」

「分かるのか」

「見てごらんなさい」左右吉は、倫の後ろ姿を見つめたまま言った。「あっしが見ていることを知っている歩き方です。疑われないように、と無理をして歩みを整え、殊更ゆったり構えてるでしょ。狼狽えてなんかいない、と言わんばかりにね。知らねえもんなら、下手に関わりたくないと、逃げるように去るのが人情ってもんじゃありやせんか。てめえで、嘘だと白状しちまってるようなもんでさあ」

「成程の」

「とは思いやすが、ご当人の口から言って貰わなければ、この世は分からねえことだらけですからね」

「これからだが、どうするのだ？」

倫の姿が見えなくなった通りを見透かして、日根が聞いた。

「豊松と最後に会ったのはお内儀です。見張るしかねえでしょう」

「掏摸の姐さんに聞いたのだが、辻売に化けるとよいかもしれぬな」

《多嶋屋》の近くには、見張り所になるような蕎麦屋もなければ、顔の利くお店もなかった。そうするしかねえか。とすると、日根にはどのような商いが似合うのか。左右吉は頭から足の先までまじまじと見た。

「何だ？」と日根が言った。

「荷が軽い。客が来ない。直ぐに動ける。どんぴしゃりのがありやした」左右吉が笑った。

「私も、やるのか」

「旦那とあっしの他に誰がいます？」

くったりと垂れた《石見銀山鼠取受合》の幟が角地に立っている。それに合わせるように、日根が背を丸めて茣蓙に座っていた。

うらぶれ方が、堂に入っている。

客との応対が嫌なら、と教えたやり方だった。あれでは客は来ねえな。

左右吉は、思わず笑いながらお店の軒を伝って日根の側に寄った。気付いた日根が、駄目だ、と小声で言った。出て来ぬわ。

「まだ一日目でやすからね。代わりやしょう」

それから九日経った日のことだった。倫に動きがあった。五月十八日のことである。

この間に、江戸の町はすっかり梅雨空に覆われるようになっていたが、ありがたいことに、空は泣き出す寸前で思い留まってくれていた。

この日は、日根が稽古に出たため、千が助けに来ていた。頼んだ訳ではない。暇だから、と言うのだが、どうやら日根と手伝いを分担しようと話し合ったらしい。

一人で十分、と啖呵の一つも切りたかったが、助けがいてくれると腰も伸ばせるし、用も足せるし、で大助かりだった。

倫が《多嶋屋》から出て来たのは、四ツ半（午前十一時）少し前であった。お気に入りなのか、鬼子母神の縁日の日に連れていた女中を、この日も伴っていた。

「先に行ってくれ」

「あいよ」

倫に後ろ暗いことがあるならば、尾行の有無を気にするはずである。左右吉は幟を抱え、鼠取薬を入れた小箱を肩に掛け、千の後ろ姿を追った。

倫らは三橋を渡り、山下を東北に向かっている。縁日の日に、左右吉が呼び止めた辺りを過ぎた。女中が一度、振り向くような仕種をしたのが、千の肩越しに見えた。

尾けている者がいないか、見るように倫に言われていたのかもしれない。千を先に行かせてよかったぜ。左右吉は、ほっ、と息を吐きながら、千に隠れるようにして進んだ。

倫は車坂門、屏風坂門の前を通り、東叡山(寛永寺)の末寺である養玉院へと向かっている。養玉院を前にして右に折れれば、真源寺のあるほうで、左に曲がれば根岸である。

さあ、どっちだ。

千の姿が左に消えた。根岸である。

左右吉は足を急がせ、下谷坂本町の通りを鉤の手に曲がろうとして足を止めた。角を曲がった先に千が立ち止まっている。

千が見ている先を、見た。料理茶屋があった。竹垣が結い巡らされており、檜皮葺き門の脇に柱行灯が掛けられていた。諸大名家の江戸御留守居役や大店の主などが使う料理茶屋として知られている《阿や乃》であった。

千を小声で呼んだ。千は後れ毛に手を当てるような仕種をして振り返り、そのままそろり、と角を折れて来た。

「《阿や乃》に入ったよ」

「らしいな」

「誰かと会うのかしら？」

「決まってるじゃねえか。会う約束がなければ、寄り道の一つはするだろうぜ。ところが、どこにも寄らず、真っ直ぐに来た」

「男かね？」千の眉が嬉しそうに下がった。

「違うな。男なら、もちっと離れたところで会うだろうよ。ここだと、出入りするところを顔見知りに見られるかもしれねえだろ」

「賭けようか」

「何をだよ」

「お内儀様の相手が男か、女か。あたしゃ、男でゆくよ」

「どうやって調べるつもりだ？　庭に忍び込んだとしても、どの座敷に通されたか分からねえんだぞ」

「出て来るところを見りゃいいじゃないか」

「一緒に出て来るとは限らねえ」

「うるさいね、いちいち。そんなことで、よく捕物が出来るもんだね」

千は左右吉が止めるのも聞かず通りに出ると、そのまま歩みを重ねて、《阿や乃》の門を潜ってしまった。

左右吉は暫くの間耳を澄ませていたが、千が料理茶屋の者に咎められているような気配はなかった。

「恐れ入谷の、……お千様、か」

左右吉は、千が上手く相手の顔を見てくれるように祈った。

四半刻（約三十分）が過ぎ、半刻が経ち、一刻近くになった。突然、《阿や乃》の竹垣の向こうで男の怒鳴り声が起こった。怒鳴り声に続いて、千の言い返す声が聞こえて来た。

「しょうがないだろ。出物、腫物、所嫌わずってね。お小水くらい、何だい。長屋の大家なら毎度ご贔屓に、って掌を合わせてるよ」

「早くしろい」

「見ないでよ」

「見るか」

　少しの間静かになり、間もなく千が、憚りさま、と男に言い捨てたのだろう、檜皮葺き門から出て来た。千は、左右吉の袖を引くようにして角の物陰に身を隠すと、来るよ、と言った。

「見付かったようだったが」

「大丈夫。言い逃れたよ」

「出物、腫物って聞こえたぜ」

「嫌だよ、聞いてたのかい。お蔭で御居処を見られちまったよ」

「大した女だな」

「褒めたんだよね」

「褒めた」

「もっと褒めな。見たよ。相手は女だったよ。廊下を歩いて来るところが、丸窓から見えたからね。間違いないよ」

中なんだけどね、すごいよ。千が言うには、《阿や乃》の中は、出入りする客の目から庭や奥の座敷を隠すように、二重の竹垣が巡らされているのだそうだ。その竹垣の切れ目に木戸があり、脇に見張りの小屋が設けられているらしい。千に気付いたのも、そこで張り番をしている者だった。

《阿や乃》の門の内側が賑やかになった。男衆に送られて倫と女中が姿を現わした。二人は、振り向くことなく、来た道を引き返している。

それから僅(わず)かに遅れて、門を潜り出た女を見て、千が、

「あれだよ」と言って、顎で指した。女は供も連れずに、一人で来たらしい。男衆の見送りもない。断わったのだろう。料理茶屋に慣れているのか、それとも人目を引きたくないのか。

「尾けるぞ」

千を追い立て、左右吉は後に続いた。女は背後を気にする風でもなく、坂本町のお店を覗(のぞ)きながら三ノ輪(みのわ)のほうへと歩いている。

「どこまで行くんだろうね？」千が、左右吉が追い付くのを待って言った。

「止まるな。歩け」

「大店のお内儀さんじゃなさそうだね」

「尾けてる途中で決め付けるんじゃねえ、と言いたいところだが、言う通りだ。ありゃ、違うな」

「だったら何者なんだい？」

「それを知るために尾けているんだろうが」

さあ行け、とばかりに、背を押して、左右吉は少し間を空けた。

女がひょいと角を曲がった。角の向こうは、坂本裏町と寺と田畑で、その先は根岸である。

左右吉は千の肩越しに女を見た。女の身体には甘く崩れたところがあった。

妾か……。

根岸は《江戸名所図絵》に描かれている《御行の松》と感応寺に挟まれた鶯の名所で、大店の寮が点在していることで知られている。《御行の松》は、古くは伝教大師最澄の弟子・慈覚大師円仁が水行を行なった地と伝えられ、宝暦の頃からは歴代の寛永寺門主輪王寺宮が御修法を行なっているとのことだが、左右吉は見たことがなかった。

女が行き着いたのは、それらの寮の一つだった。茅葺きの、鄙びた趣の作りになっている。

寮は低い柴垣に囲まれ、庭には枝振りのいい梅の古木と紅葉があった。盛りの頃は、さぞかし見事だろうと思われた。左右吉と千は、寮に近い藪の中に身を潜めた。

「いいとこに住んでるねえ。やっぱり大店のお内儀さんじゃないかい？」

「聞いてくるから、ここで待っててくれ」

「どこで聞くのさ？」

「探せば、茶店か小商いの店くらいあるだろう」

「あたしに任せなね」千が胸をぽん、と叩いた。「そんな御用聞きっぽい顔して聞いたって、答えちゃくれないよ。ここは、あたしのような楚々としたのが聞いたほうが分かるってもんだよ」

「仕方ねえか」

頷こうとした左右吉の目の前に、千が掌を出した。

「軍資金は？」

「参ったな」

一朱金を千に渡した。

「待ってるんだよ」

千は辺りを見回してから、《御行の松》のほうへと急ぎ足で去って行った。何やらいそいそとしている。楽しんでいやがる。聞き込みでなければ、危なっかしくて、とても出せねえな。

寮の庭先で人の動く気配がした。柴垣越しに姿が見えた。老爺であった。老爺は山椒の芽を摘むと、裏に回り、見えなくなった。

半刻近くが過ぎた頃、千が戻って来た。足取りが軽い。収穫があったのだろう。

「お待たせ。いい子にしてたかい」

「早く言え」

「ご挨拶だね。女の名は貞。下男と二人暮らしだそうだよ」

「下男は見た。年の頃は、六十半ばってところだったぜ」

「忠兵衛ってんだってさ。下総の出らしいよ」

「誰の寮だか、分かったか」

「今、それを言おうとしていたんだよ。誰だと思う？」

「気を持たせずに、さっさと言ってくれ」

「《多嶋屋》だよ」

「じゃ何か、本妻と妾が、料理茶屋で会ったって寸法かい」

「それか、お貞ってのに貸してるか、だね」

「誰に聞いた？」

「《御行の松》近くの茶店の爺さんだよ。お貞も下男の忠兵衛も、時たま立ち寄るんで知っている、と言ってた」

「そいつに、旦那がいるのか、いねえのか、聞いたか」

「勿論だよ。でも、そこまでは知らないってさ」

「無理ねえ。上出来だ。ありがとよ」

「あいよ」

「旦那がいるとすれば、《多嶋屋》と関係があるんだろうな」

「そうだろうね」

「こうなりゃ、次の一手は、どうやって旦那がいるかいねえか、調べるか、だな」

「上手い方法が、あるのかい？」

「辺りを見てみろ。寺と寮ばかりだ。仕出し屋が必ずあるはずだ。一番の店に聞けば分かるかもしれねえ」

「その仕出し屋を、どうやって探すんだい？」

「客に聞けばいいだろうが。近くの寮番をつかまえよう」

仕出し屋は訳なく知れた。

土地柄なのか《東雲屋》という風雅な名の仕出し屋は、石神井川用水を挟んだ向こう岸にあった。百姓町屋の中程にある、小体な、ややみすぼらしげな店だった。千を表で待たせ、左右吉が一人で向かった。

教えてくれた寮番は、見てくれに誤魔化されてはいけませんよ、煮る焼く蒸す、何を作らせても味は極上、請け合いますよ、と言っていたが、現われた主はとてもそのような腕の持ち主には見えなかった。

寮を塒に、江戸市中で悪さをしているのがいる。妾と老爺の二人暮らしを装っているという噂があり、そのためのお調べなのだ、と切紙を見せると、素直に知っていることを話し出した。

貞の寮にも、話が及んだ。

「その女は、いくつくらいなんだ？」

「三十を出たというところでしょうか」

「ならば、違うな。探しているのは、四十を超えているからな。そいつはいい女なのかい？」

「そりゃあもう。何と申しますか、艶っぽいお方で」

「旦那はいるのかい」

「隠居じゃあるまいし、旦那なしで、あのような方がここらに住むものですか」

「違えねえ。きっと、どこぞの大店の主が囲っているんだろうよ」

「いえ、それが、お武家様なんでございますよ」

思いも寄らぬ返事だった。とすると、《多嶋屋》が出入りを許されている大名家か旗本家の重職なのだろう。「見たことあるのかい」

「いつも笠か、頭巾をお被りになっておられまして、身形のよいお方でございます」

「来ると、注文が入るのかい。ここは、何を作らせても美味いと評判だからな」

「恐れ入ります」

「来るのは月の初めとか、中頃とか、終わりとか、あるのかい」

「さあ、そこまでは覚えておりませんが、月末ではなかったことは確かでございます」

「それは、どうして?」

「毎月末に、二組程決まって見える方がいらっしゃいましてね。そのお方たちとは重ならないので分かるのです」

「成程な……と、いけねえ、いけねえ。三十女はどうでもいいんだ。四十過ぎで、誰かいねえか」

「左様でございますね……」

一人思い出したが、老爺の年恰好に難癖を付け、どうも根岸は間違いかもしれねえので、口外しないようにと言い置き、引き上げることにした。

まだ月の半ば過ぎである。寮を見張っていれば現われるかもしれない。

「見張るのかい?」左右吉から話を聞いた千が言った。

「どこで、誰が、どう豊松と繋がっているのか見えねえからには、藁(わら)にも縋(すが)らねえとな」

「あたしゃ、賭けてもいいけど、あんたの豊の字は、疾(と)うの昔に江戸を売ってるんじゃないか、と思うよ。どこか遠国(おんごく)で、のんびりやってるんじゃないのかねえ」

「それならそうと、誰かが経緯(いきさつ)を知っていそうなもんじゃねえか。ともかく、はっきりさせたいんだよ。生きてさえいてくれれば、いつかは会えるからな」

不意に、嫌な予感が左右吉の胸をよぎった。縁起でもねぇ。頭を振り、思いを打ち消していると、千が、でもさ、と言った。

「あの二人、どういう知り合いなんだろうね」

二人が誰を指しているのかは、聞かなくとも分かった。大店の内儀に収まった元子供と、根岸に寮を構える妾奉公の女。繋がりがあるとすれば……。千に言った。

「飛び梅の元締んとこへ付き合ってくれねえか」

三

梅造は雁首を灰吹きに叩き付けると、ふっと煙管を吹いた。青く薄い煙が輪になって天井に昇った。

「俺は、お前さんに手出ししてくれるな、と言っておいたんだぜ。まさか、忘れちまったんじゃあるめえな」

「覚えておりやす。こんなこたぁ、お願い出来る筋合いじゃねえってことも、分かっちゃいるんでござんすが、他に何も手掛かりがねえんですよ。根岸の妾は、豊松とは何の繋がりもねえかもしれねえ。それでも、他に頼るものがねえもんですから、どうでも、女が誰なのか、知りたいんです」

「元締」と千が畳に手を突いた。「あたしが側で見張り、お貞には近付かないようにいたしますんで、どうか、見てやっちゃいただけないでしょうか」

「俺に首実検させようってのか」

「申し訳ありません」左右吉が頭を下げた。

「俺の舌は、二枚も三枚もあるんだ。見たことねえ、と嘘を吐くかもしれねえぞ。それでもいいのか」

「へい」

ありがとうございます。千が、左右吉より早く、礼の言葉を口にした。梅造が千に目を遣り、左右吉に言った。

「お前さんのために行くんじゃねえぞ」

「へい……」

千は眉一つ動かさずに手を突いていた。

明けて十九日。

左右吉と千は、梅造とともに根岸に向かった。一里（約三・九キロメートル）程の行程である。寄り道するところはなく、無駄口を叩く者もいない。三人は半刻程で根岸に着いた。

茅葺きの寮と柴垣が前方に見えた。

「あそこで」

「いいところじゃねえか」梅造が庭の梅を顎で指した。「鶯の啼き声を聞きながら酒でも飲んだら、極楽だろうな」

「元締なら、退屈で三日と保ちませんよ」

「かもしれねえな」

昨日隠れた藪に、三人で入った。

「言い忘れていたが、俺は藪っ蚊が大嫌えでな。チクリと刺されたら帰るからな」

「承知しやした」

「本当だからな」

「へい」

四半刻が過ぎた頃、忠兵衛が水桶を持って裏から表へと回って来た。柄杓で植木に水を撒いている。名と、下総の出であることを伝え、覚えがあるか、聞いた。

「いや。見たことのねえ面だ」

水に驚いて飛び立った虫が、忠兵衛の顔に当たったらしい。慌てて掌で顔を擦っている。

「見たか」

「へい」

「少なくとも、ここの住人の片割れは悪じゃねえな」

「あれっぱかしのことで、分かるのですか」千が言った。

「俺や左右吉の旦那なら、人には裏があるのが当ったり前、葉っぱの裏にゃあ虫がいるのが当たり前と思ってるから、驚きもしねえし、躱す術も心得ているんだが、あの爺さんには、それがねえ。人の上っ面しか見ねえでも生きて来られたんだな」

「とんでもねえ幸せ者でございますね」

「まったくだ」梅造が左右吉に聞いた。「ああいう生き方も、出来たんだろ？」

「それは、まあ……」

「なぜ、しなかった？」

「柄じゃなかったんでしょうね」

「俺にも出来ねえな」

梅造が懐から出した指を擦り合わせていると、寮の障子が開き、女が廊下に現われた。忠兵衛に声を掛けている。

「あれがお貞です」

貞は両の手を袖に入れ、前屈みになって話していたが、突然仰け反り、弾けるような笑い声を上げた。

「見覚えは？」

「……ある。懐かしい顔だ」

「…………」左右吉は梅造が口を開くのを待った。

「名は」と梅造が言った。「お貞じゃねえ。お吉、だ。《櫓下》にいた女だ」

「するってえと、やはり？」

「そうだ。お内儀の朋輩だ。お吉は、ある隠居に身請けされたんだが、間もなく死なれちまってな。その娘ってのがひでえ女で、雀の涙程の手切れ金でお吉を追い出したんだ。お吉はその後、隠居の碁敵が面倒を見ているらしい、と聞いていたんだが、こんなところにいやがったのか」

《多嶋屋》の寮だと教えた。

「お倫だな。恐らく、お倫が引き受けたんだろうぜ。そういう女だ。一緒に泥水啜（すす）った仲間を、決して見捨てねえんだよ」

「お倫の旦那はよく許しましたね」

「あれこれと気の回る奴だな、お前さんも」

お倫が頼んだに決まってるだろうが。梅造は凝（じ）っと貞を見つめながら、呟（つぶや）くように言った。

「それにしても、よくまあ、あの泥沼から二人とも抜け出したもんだ。顔も、肉（しし）置（お）きも、化粧もあの頃とは違っちまってる。気が付くのは、俺のように人の面ぁ見て、吉凶を占いながら懐を探るような者だけだろうぜ」

「もう一つ教えてください」

「これ以上、何を聞こうってんだ？」

「お貞がお吉であるように、お内儀のお倫にも昔の名があったんじゃござんせんか」

「目端（めはし）が利く野郎は嫌われるぜ」

「無理に好かれようとは思っちゃおりませんので」

「いい心掛けだ。それに免じて、教えてやる。お小夜だ」

「お出張り下さり、ありがとう存じました。蚊の野郎に喰われやしませんでしたか」左右吉は膝に手を当てた。

「おう、誰に物言ってるんでえ。いいか、蚊なんてのはな、無駄に汗を掻くような抜け作にたかるもんだ。俺っちぐらいになると、汗なんざ気合で止めちまうのよ。で、用は済んだんだな」

「へい」

「帰らせて貰うぜ」

「そこまで送らせてください」

千が言って、藪の出口へと回った。済まねえな。梅造は、再び頭を下げている左右吉を見て、藪を抜け、通りに出た。うなじをボリボリ掻いている。やはり、刺されていたのだろう。千が一歩遅れて続いた。二人の後ろ姿が少しずつ遠退いている。

貞と倫が、《櫓下》にいた吉と小夜が、果たして豊松を探す手掛かりになるのだろうか、ふと心細くなったが、

——弱気になるんじゃねえ。

左右吉は自らを叱った。他に縋る藁はねえんだ。

それから三日の間、雨がしとしとと降り続いた。

根岸の寮を便り屋が訪れたのは、四日後の二十三日だった。便り屋は江戸市中に文を配る飛脚で、挟箱を付けた棒の先に鈴を付けてチリリンと鳴らしながら走るので、それと直ぐに分かった。

左右吉は挟箱に書かれた屋号を、即座に袖に収めていた反古紙の裏に書き留めた。後々尋ねることがあるかもしれない。

「来るらしいな」日根が聞いた。

この日は、千は指が鈍るから、と仕事に出ており、稽古が休みの日根が助けに来ていた。

間もなくして、寮から忠兵衛が出て来た。

木戸を開けると、そそくさと石神井川用水のほうへと行く。そちらに向かうとなれば、仕出し屋しかない。

寮の見張りを日根に任せ、左右吉は忠兵衛の後を追った。忠兵衛は土橋を渡り、《東雲屋》に入って行った。左右吉は急いで《東雲屋》に駆け寄り、壁板に耳を押し付けたが、中の話し声までは聞こえなかった。

戸が開き、忠兵衛の声がした。「それじゃ、頼みましたよ」

では、後程、と答える主の声が店奥から聞こえた。来るのは、今日だ。それだけ分かれば十分だった。

左右吉は忠兵衛に気付かれぬよう、間合いを空けて藪に戻った。

そして──。

夕七ツ（午後四時）の鐘が鳴り止んだ頃、西蔵院の木立を抜けて来る深編笠の武家の姿があった。同時にそれと気付いた左右吉と日根は、藪の隙間から武家を窺った。目深に被った笠のため、面体の程は分からなかったが、寮を訪ねる武家と思われた。

武家は、何のためらいもなく寮の木戸を押し開けると、玄関の中へと消えて行った。

「あれが旦那かい？」

驚いて振り返ると、千がいた。

「いつ来たんだ？」

「何言ってんだい。こっちにやって来るからって気ぃ利かして、ほんのそこから

だけど、あのお侍の跡を尾けて来てやったのにさ」

武家の後ろに千がいたとは気付かなかった。

「どこの誰なんだろうな？」

「それがね、どっかで見たこと、あるんだけどね」

「笠の内が見えたのかよ」

「あたしゃ、懐の中が見えるんだよ」

日根が真に受けて、目を丸くしている。

「減らず口を叩いてないで、思い出さねえかい」

「もうちょいなんだけどねえ。どこだったかねえ」

「しっかりしてくれよ」

「何だい、あたしが側に来ても気付かなかったくせにさ」

「面目ない。気を奪われていた」日根が肩を落とした。

「修行が足りないよ」

「その通りだ。千殿のお蔭で、己がまだまだ至らぬと悟ることが出来た。礼を申

す」

「偉いね、旦那は。あんたも、これっくらいの台詞を言ってみな」

千が左右吉にまくし立てていると間もなく、《東雲屋》の主が女房とともに現われ、木戸から裏へと回った。両の手に提げていた包みには、重ね重でも入っているのだろう。

茅葺きの屋根越しに青い煙が立ち昇っている。湯殿の焚き付けをしている煙らしい。

「悔しいねえ。指ぃ銜えてるのかい?」

「我慢してくれ。後で豪勢に奢るからよ」

「《汁平》でかい?」

「他にあるかよ」

「しけてるねえ。あたしが奢るよ」

「駄目だ。何度も言わせるんじゃねえ。掏摸の上前をはねるような真似が出来るか」

「その掏摸に助けて貰っているのに、何て言い草だろうね」

日根が口だけ開けて笑った。

「旦那も、笑う時は声に出して笑っとくれ。それじゃ、福笑いの物真似だよ」

「そう尖るねえ。ここまで来られたのは、みんなお千のお蔭だ。ありがとよ」

「分かってりゃいいんだよ。さあ、これから六ツ半（午後七時）までは長いよ」

旗本屋敷の門限が宵五ツ（午後八時）であるところから、武家が帰る刻限を逆算したのだろう。思いは、左右吉も同じだった。

寮の雨戸がそっと立てられた。

暮れ六ツ（午後六時）の鐘が鳴って、半刻近くになる。

「遅いね。長っ尻は嫌われるよ」

千の悪態が聞こえたのか、寮の玄関口が仄かに明るくなった。燭台が運ばれて来たのだ。

「言ってみるもんだね」千が小鼻をひくひくと蠢かせた。

「静かにしろい。おめえの声は一町（約百九メートル）先まで届いちまうだろうが」

「素直にお言いな。ありがとよってさ」

「後だ」

玄関に武家の姿が黒く浮かんだ。明かりの中に女がおり、見送っている。忠兵衛は玄関の外にいた。武家が木戸に差し掛かると提灯と網代笠を手渡し、腰を屈めている。

武家がゆらりと歩いて来る。身を潜め、遣り過ごした。

月に雲が掛かり始めた。

「……出来るぞ」と日根が囁くように左右吉に言った。

「旦那を十とすると、野郎はいくつくらいで？」

「逆だ。向こうが十で、私が六、七というところだろう」

月が陰った。漆黒の闇の中を提灯が遠退いてゆく。

「気付かれぬよう、心して尾けるのだぞ」

「旦那、あの三ピンを買い被り過ぎですよ。千の奴が尾けて来たんですぜ」

「千殿は、ほんのそこから、と言っていたぞ」

千の足が左右吉の臑に飛んだ。左右吉は呻き声を呑み込んでから、

「俺の後から来てくれ」と言い、跡を尾け始めた。

武家は下谷坂本町に出ると、五日前に貞と倫が入った料理茶屋《阿や乃》の前を通り、車坂町へと抜けた。そのまま進み、山下で南に折れた。ここからは十三町（約一・四キロメートル）ばかり、道の両側に武家屋敷が続いている。人通

りはない。尾けるのには、まったく不向きなところだった。

左右吉は、千と日根を待ち、少し離れて付いてくるように言い、己は壁に張り付くようにして武家の後を追った。

御徒町を過ぎると、神田の松永町、佐久間町と続く町屋の立ち並ぶ通りになった。武家は足を止めるでもなく、和泉橋を渡り、柳原通りを横切り、更に足を南へと向けている。

確かに日根の言う通りだった。後ろ姿には一分の隙もない。千が付いて来た時には、女に跡を尾けられているとは思いもしなかったのかもしれない。

空を見上げた。今にも泣き出しそうな面をしていた。

どこまで行きやがるんでえ。

少し東にずれればお玉が池があり、《汁平》に出る。腹の虫がぐうと鳴るのを堪えて行くと、神田堀を越え、小伝馬町の牢屋敷の前を過ぎ、道浄橋から伊勢町堀の脇を南に下って江戸橋を渡った。武家は更に海賊橋を東に渡り、茅場町のほうへと向かっている。

そこから南に広がるのは、八丁堀の組屋敷である。

まさか……。

左右吉の腋（わき）を冷たい汗が流れた。

武家は、迷うことなく足を進めると、御旅所（おたびしょ）近くの屋敷に入って行った。迎えに出た小者が門を閉めている。

冠木門（かぶきもん）である。脇の潜り戸はない。与力の屋敷であった。

与力の禄高（ろくだか）は二百石。禄高からすれば旗本級であり、片番所付きの長屋門を構えられるのだが、御目見（おめみえ）が許されていない身分だからと遠慮して、冠木門にしているのである。それでも拝領屋敷の広さは、二百から三百坪はあった。

左右吉の目の前にある屋敷も、優に三百坪はあるに相違なかった。

背後に気配が立った。千と日根だった。

「ここまで来て、やっと思い出したよ」と千が小声で言った。「北の御番所で見た顔だよ」

千ら掏摸は、同心や与力の顔を見忘れないようにと、数年に一度か二度、北と南の奉行所近くに詰めて、役人たちの顔を目に焼き付けるのである。

「名は、分かるか」左右吉が千に聞いた。

「名前どころか、お役目も分からないよ。あんたは？」

「だらしねえ話だが、俺もまるっきりだ」

「顔見知りの同心がおるだろう？」


「あんたが知らないお役って言うと、何だい？」

「そうよな……」

「聞いたらどうなのだ？」日根が通りを見回して言った。「顔見知りの同心がおるだろう？」

「当人にうっかり伝わらねえとも限りやせん。明日、奉行所に出仕するところを待ち受けるのが得策かと」

今夜んところは、と左右吉は千と日根に言った。「これで十分です。それよりも、腹が減りやした。奢りますんで、降り出す前に何か食べやしょう」

宵五ツの鐘は、与力を尾けている途中で聞いていた。気の利いた店は閉まっている刻限である。手近な煮売り酒屋で飯を掻っ込むしかない。

「急ぎやしょう」

「ご免よ。今から食べると遅くなるから、あたしは今夜は帰るよ。その代わり日を改めて奢って貰うからね」

「なら、近くまで送らせて貰おうか」

「ありがと」

「礼を言うのはこっちだ。今日も、ありがとよ」

千が母親と住んでいる長屋は橋本町にあった。北に上れば、お半長屋のある豊島町に出る。

「旦那、あっしらは《汁平》が終わっていたら、屋台で何か食って帰りますか」

「美味いものはあるのか」

「柳原通りに、安くて美味くて、遅くまでやっている屋台が出たんですよ」

「それは、よいな」

「何を食べさせるんだい？」千が聞いた。

「この前は蕎麦にのっぺい汁をぶっ掛けたようなのを食ったんだが、油揚げも、豆腐も、蒟蒻も美味かったぜ」

「ご飯に掛けても美味しそうだね。今度おっ母さんに作って貰おうかな」

「この刻限に戻って、食すものはあるのか」日根が千に聞いた。

「女親ってのはありがたいものでね。一片食の食べ物なんか、どうとでもこさえちまうもんなんですよ」

「左様か」日根の顔に、微かな寂しさがよぎったのを、左右吉は見逃さなかった。

四

千と橋本町で別れ、左右吉は日根とともに小泉町の《汁平》を目指した。刻限は五ツ半（午後九時）を回っている。《汁平》は既に店仕舞いしていると思われたが、くだを巻いている客がいないとも限らない。灯が消えていたら、素通りすればよいだけの話だった。

弁慶橋から松枝町を通り、小泉町に入り、通りから横町に抜けようとしたところで、向こうから駆けて来る二つの人影が見えた。夜道を走るとは、穏やかではない。呼び止めた。一人は直ぐに止まったが、もう一人は更に数歩駆けたところでようやく足を止めた。二人とも暗がりの中にいる。顔は定かには見えない。

「俺は町方の者だが、慌ててどこへ行く？」

近くにいた一人が、腰を屈めるようにして答えた。

「押し込みでございます」

走った先に、小泉町の自身番がある。その側を通って来たところだった。二人はそこに向かうところだったらしい。

「場所は、どこでえ？」

「《汁平》ってんですが」

何、と日根が声に出した。男が驚いたように日根を見、ご存じで、と聞いた。

「店の者は無事か」左右吉が男の問いには答えずに聞いた。

「さあ、そこまでは……」男が頭を左右に振った。

「分かった。ありがとよ」

旦那。日根に呼び掛け、左右吉は裾を摘まみ上げ、地を蹴った。

左右吉と日根が横町を曲がったのを見届けていた男が、「後ろから回り込んで、刺しちまえばよかったのに」と数歩離れたところにいる男に言った。

「危ねえ、危ねえ」近寄って来たのは、銀蔵に似た男だった。「あの下っ引は何とかなっても、浪人は腕が立つ。とてもじゃねえが、勝てねえよ」銀蔵に似た男は、うなじを撫で上げながら言った。「あの浪人を逆に尾けて、頭と銀蔵の居所を突き止めたところまでは、上出来だったんだがな」

「盗みの話は立ち消えになったし、江戸を売り払っちまいやすか」

「慌てるねえ。頭と銀蔵をあの世に送ってからだ」

「弥太郎は、どうします？」

「ちいとばかり俺たちのことを知り過ぎてるな」

「早いとこ殺しちまったほうが」

「何もそう急ぐこたぁねえよ。俺たちゃ江戸は不案内だ。まだ何かの役に立つかもしれねえじゃねえか」銀蔵に似た男が笑った。

「では、その後で、ってことで」もう一人の男も笑った。


《汁平》の戸は開け放たれていた。路上に薄明かりが漏(も)れている。

それを遠くから囲むようにして、近隣の者が二、三人ずつ固まって何やら低い声で囁き合っている。

左右吉らの足音に気付いた者が道を開けた。店に入った。

「左右吉だ。大丈夫か」

「何ともねえ」

入れ込みから蓑吉が答えた。足許の土間に、気を失って倒れている男が二人いた。ともに手拭(てぬぐい)で手足を縛られている。顔を明かりに晒(さら)した。見覚えがあった。

塒も、仕事も定まらない破落戸(ごろつき)として嫌われている者どもだった。

「押し入ったのは、この二人だけか」

「もう少しいたかもしれない」

「顔は見たか」

「いいや」

「この二人に見覚えは？」

「ない。小金を貯めているとでも思われたんだろう」蓑吉が言った。

「銀蔵は？」

「そっちにいる」厨を指した。

銀蔵は、二の腕に手拭を巻いていた。赤黒い染みが見える。

「怪我、したのか」

「何、かすり傷でさあ」

店の明かりを消し、二階に上がったところを襲われたらしい。寝静まる刻限ではなく、町木戸の閉まる夜四ツ（午後十時）前に襲ったのは、押し込みを働いた後、何食わぬ顔をして木戸を抜け、のうのうと塒に帰る、という算段だったのだろう。

「煩わせて済まないが、番屋に知らせてくれねえか」蓑吉が左右吉に言った。

「誰か走ってったのがいたから、心配はいらねえ」

「見事に伸びてるな。得物はあったのか」日根が蓑吉に聞いた。

「心張り棒ですが」

「二階に備えておいたのか」

「用心のためですからね」

「よい心掛けだな」

「………」

「あの……」戸口に現われた男が言った。「今そこで、押し込みがあった、と聞いたのですが」

「どちらさんで？」左右吉が聞いた。

「小泉町の自身番の者でございますが」

「そこでって、知らせに行ったのがいただろう？」

「いいえ。どなたもおいでには」男が面食らっている。

「あいつら……」暗がりを駆けて来た二人の男が瞼に浮かんだ。逃げようとしているところで、俺たちと出会したって訳か。咄嗟に空惚けやがるたぁ、いい度胸じゃねえか。性根が据わってやがる。

「残りは二人だな？」

蓑吉と銀蔵に聞いた。

「かもしれねえが、暗くて人数までは分からなかった」

「途中で会ったんだよ。男の二人連れにな」

「ほお」蓑吉だった。

「どんな奴らでした？」銀蔵が言った。

「暗がりにいたんで、顔までは見えなかった」

「そうですか」銀蔵が答えた。

「一言、二言口を利いただけだが、分かったことがある」

「はい……？」銀蔵が目を合わせて来た。

「あいつらが、そこに転がってる二人を金で雇ったってことだ。俺が町方だと名乗っても、びくともしやぁがらなかった。あいつらは並の者じゃねえと見たぜ」

「さあ、どうなのか……」

「本当に見覚えはねえんだな？」

「言った通りだ」蓑吉が答えた。

「分かった……」

左右吉は足許の塵を拾いながら、思いを巡らせた。小金のありそうな店を無闇に襲ったのではなく、《汁平》の二人だからこそ狙ったのではないか。恨み、なのか。日頃慣れ親しんでいる二人の姿からは、疾しいところなど微塵も感じられないが、《汁平》の店を出す以前のことを、俺は何一つ知らない。

蓑吉と銀蔵に目を遣った。気のせいか、二人とも左右吉と目を合わすのを避けているように思われた。やはり、触れられたくないことがあるのかもしれない。

左右吉は、月番の南町奉行所から当番方の同心が来るまで《汁平》で待ち、蓑吉が言ったことをそのまま伝え、引き上げた。同心は、疑おうともせずに鵜呑みにし、お調書に記していた。

「よいのか。あの二人のことを言わんでも」日根が、《汁平》のほうを振り返りながら言った。

「話したければ、蓑吉たちが言うでしょう」

「そうか……」

目当ての屋台は柳原通りに出ていた。三人ばかり先客が食べている。中の一人が左右吉に気付き、今日のもいけるぜ、と言い、笑って見せた。

「親父さん」と左右吉が屋台の老爺に声を掛けた。「具は何だい？」

「油揚げと、干瓢と、干し大根を甘辛く煮込んだもんですが、よろしいですか」

「よろしいも、よろしくねえもねえ。たっぷりと頼むぜ」一杯だ、と小銭を渡し、日根に腰掛ける場所を指さした。「待っておくんなさい」

丼に湯を潜らせた蕎麦を入れた上から、具と汁を掛けている。湯気と一緒に美味そうなにおいが立ち昇って来た。

小指に箸を挟み、両手で丼を持ち、切石に腰掛けている日根の許まで運んだ。

「済まぬな」

「何を仰しゃいやす……」

今日一日の礼を言ってからは、二人とも黙って箸を動かした。

丼はたちまちのうちに空（から）になった。

「旦那、もう一杯、いかがですか」

「よいか」

「勿論でさあ」

二杯目を食べ終えると、よい加減に腹が満ちた。

「帰りやすか」

「そうだな」

柳原の通りを横切り、町木戸を開けて貰い、豊島町に入った。厚ぼったい雲が切れ、月明かりが通りを青く照らし出している。

「ただの押し込みではなく、蓑吉らを殺そうとして襲った、と思っているのではないかな」

「……へい」

「それはとりもなおさず、蓑吉と銀蔵が、そこらの飯屋の親父と飯炊きではない、ということか」

「そうなりますが、昔何をしていようと、今が堅気であるならば、あっしにはどうでもよいことなんで」

「飯さえ食わしてくれりゃ文句はない、と申すのだな」

「仰しゃる通りで」

「そういうものか」

「てめえの若え頃(わけ)を思うと、そうとしか言えやせん」

「私も、片手では足りぬ程、人を斬(き)っておるしな。他人(ひと)のことをとやかく言える身分でもないか」

長屋の木戸に着いた。閉まっている。

木戸門の上から垂れている鳴子(なるこ)の紐(ひも)を引いた。月行事(がちぎょうじ)の借店(かりだな)の、戸口の前の鳴子が鳴っている。

もうすっかり寝込んでいるのか、気付く気配がない。

「しょうがねえな」

左右吉は力を込めて、もう一度紐をぐいと引いた。雨が微かににおった。

明けて二十四日。朝五ツ（午前八時）。

夜更けから降り始めた雨の中を、千がいそいそと迎えに来た。

「早いじゃねえか」

「何暢気（のんき）なこと言ってるのさ。与力の旦那が出仕しちまうよ」

雨傘を畳んで、壁際に立て掛けた。与力の出仕時間は昼四ツである。まだ余裕があった。

「飯でも食うか。残ってるぞ」

「おや、今朝は早かったんだね」

「日根の旦那が、朝稽古に出るんでな。一緒に食ったんだ」

「なら、あたし一人で食べるのかい？」

「そうなるな」

「なら、遠慮しとくよ。お櫃を空にした、と言われると、嫁の貰い手がなくなるからね」

千は、雨傘をひょいと取り上げると、支度をおしな、と言った。「出掛けるよ」

北町奉行所は常盤橋御門内にあった。しかし、五月は非番の月なので、奉行所の門前にある腰掛茶屋がない。腰掛茶屋は、縁台に葦簀を張り巡らしただけの茶屋で、奉行所に訴え出た者が呼び出しの掛かるまで使うか、あるいは左右吉のような御用聞きが休むくらいであった。だから、非番の間は、引き払われてしまうのだ。

どうするか……。

左右吉は、八丁堀から出仕する際必ず渡る一石橋で待ち構えることにした。橋を越えた北鞘町の自身番から見張っていれば、一石橋が一望出来る。万が一にも見逃すことはないだろう。

それにしても、まだ刻限に余裕があった。左右吉は千に、昨夜《汁平》に押し込みがあったことを教えたが、途中で出会した二人組については話さなかった。女だてらに、妙なことに首を突っ込み過ぎない方がいいだろう。

二人で《汁平》に見舞いに寄ってから北町奉行所へ向かった。千は、奉行所に着くまで、物騒な世の中になったと憤っていた。

左右吉と千は、北鞘町の自身番で見張りに付いた。

渋茶を啜っているうちに、昼四ツ近くになってきた。雨は、いつしか止んでいた。

出仕して来る与力の姿が間遠に見え始めた。

目を配っていた千が、左右吉の袖を引いた。左右吉が、腰高障子の隙間から通りを見遣った。

背恰好からして、昨日跡を尾け、組屋敷の門に入るところを見届けた与力に相違なかった。

継上下を着、槍持ちに挟箱持ち、草履取りと若党を従えている。一石橋を渡り、常盤橋御門へと折れた。凜とした佇まいだった。

左右吉と千は自身番を出た。一行は北町奉行所に着くと、大門脇の潜り戸から入って行った。

左右吉は千を表に残し、潜り戸を抜けた。顔見知りの門番が、小さく頷いた。

左右吉は大門裏の御用聞きの控え所を覗き、富五郎を探す振りをしてから、門番に聞いた。

「今お通りになった旦那のお名を、教えてやっておくんなさい」

「桜井（さくらい）様だ」

「お役目は何でしたっけ？」

「牢屋見廻り（ろうやみまわ）だが、何か御用でもあるのか」

「とんでもねえ」

大門の外に戻り、千に与力の名を教えると、思い出したよ、と千は横目で大門を睨（にら）んだ。

「小伝馬町の牢屋敷前でも見掛けてたんだ。仲間が取っ捕まっちまっててね」そこで言葉を切ると、まさか、と千が言った。「豊松って人、牢屋ん中じゃないだろうね」

考えもしないでいたが、古着屋は売上げと店の品を盗まれた、と奉行所に届を出していたに相違ない。とすると、豊松は、疾うに捕まっていたのかもしれない。

とんだ、手抜かりだったぜ。

牢屋にいるかいないか調べるには、大親分を頼るしかなかった。

「済まねえ。急ぐんで、ここで別れるぜ」

「当たりだったら、奢るんだよ」

「五の膳付きをな」

「期待してるよ」

千の声を小さく背で聞いた。

第三章　鬼の丙左

一

五月二十四日。昼四ツ（午前十時）。

左右吉は、北町奉行所前で千と別れ、伊勢町堀に久兵衛親分を訪ねた。

土産には、堀留町二丁目の菓子舗《名月堂》の銘菓〔豆饅頭〕を携えていた。久兵衛と亡くなった姐さんの好物である。

土産を仏壇に供えた久兵衛は、おもむろに振り返ると、長火鉢を前にして用向きを尋ねた。

「実は、折り入ってお頼みしたいことが」

左右吉は、己と豊松の関わりについて、事細かに話し、小伝馬町の牢屋敷にいないかどうか調べてくれるよう、頭を下げた。

「どこを探しても、誰に聞いても、居所が摑めねえんでございます。それで、ひょっとしたら、と思い至りまして」

「造作もねえこった。聞いてやろう」

　牢屋敷を預かるのは囚獄・石出帯刀である。俗に、牢屋奉行と呼ばれる。その下には、五十人の牢屋同心がおり、中でも牢屋の鍵を管理する重要な役目を担っているのが鍵役同心で、牢屋同心上席の者が就任した。久兵衛が懇意にしているのは、鍵役同心の補佐を務める鍵役助役の者だった。

　鍵役同心ら牢屋同心は、牢屋敷の内部を取り締まるのが役目で、牢屋同心が滞りなく職務を遂行しているかを監督するのが、二名いる牢屋見廻り同心である。牢屋見廻り与力はその上役で、定員は一名だった。つまり、左右吉が跡を尾けた与力・桜井は、囚獄・石出帯刀とともに牢屋同心らに有無を言わさぬ支配力を持つ男、ということになる。

「それから、今さっき北の御番所の前で、牢屋見廻りの桜井様をお見掛けしたんですが、ひどく気難しそうなお顔をしていらっしゃいました。あの旦那は、どのようなお方なんでしょうか」

「どのようなって、桜井丙左衛門という名を聞いて、何も思い当たらねえのか」

「へい、一向に……」

「無理もねえか。俺は今年で六十五になるが、その俺の生まれる数年前のことだからな。まだ有徳院（徳川吉宗）様の頃の話よ」

「はぁ……」

「桜井様のお家のご当主は、代々丙左衛門を名乗られる。今の桜井様のお祖父様に当たられる方の話だ。ある時、当番方同心が入牢証文を持って、大番屋に預けておいた囚人を連れて牢屋敷に向かおうとした、と思いねえ。始終あることじゃねえんだが、その折は、お気が向かれたのか、それとも何か虫の知らせでもおありになったのか、桜井様が付き添いに立たれた。さて、牢屋敷に向かう途中のことだ。真っ昼間だってぇのに、囚人を取り返そうってぇ一味の者が大挙して襲い掛かってきたのさ。まさか、っていう油断があったのかもしれねえが、そんなこたぁ、それまで一度だって起きちゃいなかった。当番方同心は泡を食っちまった。そこで桜井様が当番方を叱り飛ばし、何と唯一人で立ち向かわれたのだ」

「それで……？」

「翌日の読売は大変な評判だったそうだ。《鬼の丙左、五人斬り》ってな。五人の賊を叩っ斬り、更に二人に傷を負わせ、はったと睨んでいるところに、町火消の奴らが助勢に駆け付け、大団円になったんだそうだ。俺は見ちゃいねえが、親分からよく聞かされたものよ」

「そんなすごいお家の方だったんですか」

「おうよ。お祖父様の名を辱めちゃいけねえってんで、お父上もさることながら、ご当代様は殊の外剣術にご熱心でな。ありゃあ、鬼の丙左の生まれ変わりだって、もっぱらの評判だそうだ」

敵に回すのは、ご遠慮申し上げたい与力様って訳だ。

「桜井様が、どうかしたのかい？」

「いえ、別に……」

「そうかい」

久兵衛は、それ以上尋ねようとはせずに、猫板に置いていた湯呑みを口許に運んだ。

「申し訳ございません」左右吉は頭を下げた。

「………」

「実は、今ちょいと調べていることがございまして、それが桜井様に関わりがあるようなんですが、何分五里霧中でして、まだとてもお話し出来るところまで調べが進んでねえんでございます」

「心配するねえ。俺は、そんなにけつの穴の小せぇ男じゃねえ。思いっ切りやるがいいぜ。調べることがあったら、いつでも、何でも構わねえ、使ってくんな」

「大親分……」

左右吉の両目がたちまち潤みかかった。

畳に手を突いているところに、縄張りの見回りに出ていた善六と伝八が戻って来た。足を濯いでいるのだろう、裏のほうから水音が聞こえてくる。

慌てて涙を拭っている左右吉に、余計なことを聞くようだが、と久兵衛が言った。

「今日来たことを、富五郎は知っているのかい？」

「いいえ。表立っての調べではないもので」

「詳しいことは知らねえが、富五郎に叱られたそうだな」

「あれは、あっしのほうが悪かったんで、親分には……」

足を濯ぎ終えた善六と伝八の足音が近付いてきた。座敷の入り口で止まり、戻りました、と善六が告げた。

「ご苦労だったな。左右吉が来ているぜ」

左右吉は、隅に膝をずらして二人を迎えた。

「変わったことはありませんでしたが、目出度い話が一つございました」《柏屋》の三男と、高砂町の真綿問屋の跡取り娘の縁組が整いやして、と善六が言った。「近々、《柏屋》のご主人が挨拶に見えるそうです」

「そうかい、そりゃよかったじゃねえか」

「へい。店ん中は浮き立っておりました」伝八が言葉を添えた。

「今日は、どうしたんだえ？」善六が、左右吉に聞いた。

「そのことだがな」久兵衛が、豊松のことを掻い摘まんで話した。「小伝馬町にいるか、いねえか、聞いてきてくれ」

「へい。畏まりやした」

「ご足労掛けて申し訳ありやせんが、よろしく……」

それまでにしてくんな。善六が遮った。

「俺だって、お前に頼むことがあるかもしれねえしな。相身互いよ」それよりも、と善六が声を潜めた。「このこと、富五郎兄ぃには？」

「言ってねえそうだ」久兵衛が言った。

「顔出し、してるのかい」善六が聞いた。

「ちいと、敷居が高くなっちまって」

「しょうがねえな。だったら、この件は内緒にしとくぜ。臍曲げるといけねえからな」

明日にでも来い、という善六の声に送られて、伊勢町堀の家を後にした。

来てよかったぜ。思わず掌を擦り合わせているうちに、ただでは聞き出せない、ということに思いが至ったが、金子を受け取る久兵衛でも、善六でもなかった。逆に、何の真似だ、と小言を食らうのが関の山だろう。第一、包んで渡す金など、手許にはなかった。

畜生。思わず呟いた。金が落ちてねえかな。

通りを行く人を見た。その一人一人の懐には、紙入れか巾着が眠っているのだ。千の稼業がなくならない訳が分かったような気がした。

牢屋敷の裏を通り、神田堀に架かる九道橋を渡って小伝馬町を《汁平》に向かった。どこのお店も、時折湿った風が暖簾を僅かに揺らしているだけで、品物に難癖を付けて、いくらかでもせしめようなどという不届き者の影もない。しごく平安である。

半端者がおとなしくしていて、どうするんだよ。

犬じゃねえが、一声吠えたくなった。身構えたところで、女の声に呼び止められた。辺りを見回すと、錫鉛問屋《河内屋》の抜け裏の入り口に、富五郎の女房の鶴がいた。縮緬の前垂をし、手に鬢盥を提げている。お得意先回りをしているところなのだろう。

「姐さん……」

「何だい、しけた顔してさ。腹でも減らしているんじゃないだろうね？」

「そんなことは、ございやせん」

「あたしゃ疲れちまってね。そこらで腹に入れるから、付いといで」

へい。左右吉は鶴の手から鬢盥を受け取り、後ろに回った。鶴は、角を二つ曲がった先の横町にある小体な煮売り酒屋に入った。

迎えた女将が鶴をにこやかに見てから、背後の左右吉に気が付いた。

「うちにいる若い衆だから、妙に気を回さないどくれな」

「あらま、そんな」

入れ込みには先客が二組あった。

「ちょいと意見することがあるんで、使わせて貰えないかね？」鶴が二階を見上げた。

「どうぞ」

「なら、いつものを二つ。飲むかい？」鶴が左右吉に聞いた。

「いいえ」

「いい心掛けだね」

　鶴に続いて二階に上がり、鬢盥を床の間の前に置いた。

「巾着を出してみな」鶴が言った。

「へい……」

　懐から取り出すと、鶴が手を伸ばしてきた。

「蓄えは？」

「ございます」

「ございますって顔じゃないね」

　鶴は、胸許から紙入れを出し、小粒（二分金）を左右吉の巾着に移し入れている。

「そんな、姐さん」

「いいんだよ。あんたはね、うちの人の若い頃に似ているんだよ。あんたを見ていると、その頃を思い出すのさ。今は、あんなだけどね」

鶴は小さく笑うと、煙管(キセル)に刻み煙草(タバコ)を詰め始めた。左右吉は素早く煙草盆を探し、鶴の前に差し出した。

「ありがと」

鶴は火皿を火入れに寄せ、深く吸い込んだ。煙草の葉が赤い火の玉になった。一呼吸置いて濃い煙を吐き出した。

「あの人の背中の傷、知ってるだろ？」

「へい」

子供を助けようと、刀を振り回していた浪人に組み付き、背中をばっさり斬られたと聞いたことがあった。

「そんなあの人に惚(ほ)れたんだけど、所帯を持った途端、人が変わっちまったように無茶をしなくなってね。あんたから見れば、歯痒(はがゆ)いこともあるだろうねえ」

「あっしには、なくすものがありやせんので」

「確かに、もう無茶はしてほしくないんだけど、あの人には、悪い奴を憎む気持ちだけは持っていて貰いたいのさ。そこらへん、押したり、引いたりしてくれないかね」

「あっしには、そんな器量はござんせん」

「あるよ。あたしは、あんたをずっと見ているから分かってるよ」

階段を上ってくる足音がした。

「お待ち兼ねだよ」鶴は雁首をぽんと灰吹きに打ち付けると、煙管にふっと息を通してから、さあ、と左右吉に言った。「お上がり」

湯漬けのようだった。飯に透き通った汁が掛けてあり、小皿には茄子と白瓜の漬物が載っている。

「さあ、早く」鶴が急かした。女将も、左右吉が箸を付けるのを待っている。大振りの茶碗を手に取り、汁を口に含んだ。

「えっ」

左右吉は二人を交互に見た。してやったり、という顔をして、鶴と女将が笑っている。

湯漬けではなく、味噌汁であった。出汁を取り、味噌を溶かして、布で漉す。すると、味噌の風味を残した透き通った汁が落ちる。それを飯に掛けたものだった。味には馴染みがあるが、目にはお初の驚きだった。

「どうだい？」

「たまげやした」

左右吉は瞬く間に茶碗を空にした。

「この世には驚くことなんてもうないか、と思っていても、一膳のおまんまにも、まだまだ驚かされることがあるのさ。生きているうちは、せいぜい楽しく驚きながら暮らしていたいもんだね。そうは思わないかい？」

そう言うと、鶴は心地よい音を立てて白瓜を噛んだ。

もう一軒回るという鶴と別れ、左右吉はお半長屋に戻った。明日からの軍資金が出来たことで、少し足取りが軽くなっていた。

翌二十五日、左右吉は再び伊勢町堀の久兵衛を訪ねた。善六が鍵役助役から聞き出した限りでは、小伝馬町の牢屋敷には豊松という名の囚人はいなかった。

「あまり心配しねえことだ。お前の知り合いならば、しぶといだろうしな」

「だといいんですが」

豊松の消息は、今年の七草の前に、池之端七軒町の女が見たのを最後に、ぷっつりと途絶えている。それから半年近くが経ったことになる。上手く江戸を売ったのなら、俺と豊松の仲だ、何か知らせてきてもよいような気がした。それがない、ということは……。

止めた。考えていても始まらねえ。暫く、桜井を追い掛けてみよう。

《多嶋屋》の内儀、その元朋輩、そして朋輩を妾にしている桜井という繋がりが、どうにも引っ掛かっていた。

二

左右吉は、北町奉行所の大門裏にある御用聞きの控え所に詰め、桜井丙左衛門が外出するのを待つことにした。富五郎親分と鉢合わせしたら何と言おうか考えていたのだが、非番の月であるのが幸いしたのか、上手いこと会わずに済んでいる。

桜井に外出する気配はなかった。

牢屋見廻り同心は毎日牢屋敷に行き、牢屋同心を監督するのだが、与力は同心の報告を聞き指図するだけで、連日のように牢屋敷に出向くことはない。四人の入牢と出牢の際に、たまに行くぐらいなものだった。それも月番の時が主で、非番の月は余程のことがなければ出向くことはない。

しかし桜井は、歴任の与力よりも足を運ぶ回数が多いことで有名であった。善六が聞き込んだところでは、お務めを軽んぜず、自ら足を運ぶ、と評判の高いお方だ、ということだった。

二十六、二十七、二十八日と蒸し暑い梅雨空の下、控え所で見張りを続けたが、動きはなかった。千と日根が助けを申し入れてくれたが、奉行所の中であるからと断わっているうちに月が改まり、北町が月番になった。

これで門前の腰掛茶屋が再び商いを始める。風通しがよくなるだけでなく、日根と千に助けを頼めるし、富五郎と鉢合わせする心配もしなくて済む。

助かったぜ。

ほっとしたのか、頭が回った。

牢屋見廻り与力が外出するのは、牢屋敷である。根岸の妾に会いに行くにしろ、どこに行くにしろ、言い訳として牢屋敷に顔を出し、その足で出掛けるのだと考えれば、配下の同心らが熱意の表われと見た牢屋敷への巡回は、もしかすると奉行所を早く引き上げる口実かもしれない。

こちとら、人の裏表ばかりを見てきたんだ。誤魔化されはしねえぜ。

息巻いているうちに、六月の七日になった。この日は、久し振りに助けに来た日根と見張りを始めた。

昼八ツ（午後二時）。日根は剣を教えることの面白さを話しながら、目だけはしっかり大門に注いでいる。もしかすると、助けに来たのは、それを話したかったからなのかもしれない。

「呑み込みの悪い者が懸命になって稽古をし、階段を一段ずつ上るように腕を上げてゆく。これを身近に見ていると、止められぬわ」

笑みを見せていた日根が、誰か出てくるぞ、と言って、左右吉を手招いた。

大門に目を遣ると、小者と挟箱持ちらを従えた、涼しげに絽の羽織を纏った武家の姿が見えた。

「相違ござんせん。旦那は救いの神ですぜ」

一行は本町の通りを東に向かい、大伝馬町で北に曲がった。行き先は間違いなく牢屋敷である。

左右吉の考えが当たっていれば、牢屋敷からどこかへ回るはずである。見張りの刻を稼げる場所を探した。

牢屋敷の表門を見通せる辻近くに、蕎麦屋があった。二階に上がると、表門の出入りが手に取るように見えた。

「ここで、出てくるのを待ちやしょう」

牢屋敷は高さ七尺八寸（約二・三六メートル）の練塀と、幅六尺（約一・八二メートル）、深さ七尺（約二・一二メートル）の堀に囲まれている。出入りは表門と裏門だけで、牢屋敷の敷地内に屋敷のある囚獄・石出帯刀も、出入りは表門のみを使う。表門を見張っていればよかった。

半刻（約一時間）程して、桜井と供の者が門前に現われた。小者から深編笠を受け取った桜井が何事か言うと、供の者らは桜井を残して南へと歩き始めた。伊勢町堀のほうである。桜井はそれを見定め、笠を被ると北へと足を向けた。神田堀を渡り、藍染橋を越すと、武家屋敷が立ち並ぶ一角に入る。

人を訪ねるのか。

間合いを取り、尾けてゆくと、武家屋敷の通りを抜け、和泉橋に向かっている。和泉橋の向こうは御徒町。先月、妾の所から帰る桜井を尾けた道筋である。

また妾のところに行くのか。

左右吉は更に間合いを取って尾けた。日根は、三十間（約五十五メートル）程離れて付いてくる。

汗が首筋を伝い、流れて落ちた。

桜井は山下に出ると、寛永寺の伽藍(がらん)を左に見ながら、東北(うしとら)の方向へと進んでいる。

遠くから金魚売りやうちわ売りの声が聞こえてくる。

桜井は養玉院前の角を左に曲がった。次の角を曲がる手前で一旦立ち止まり、振り返った後、足早に檜皮葺(ひわだぶ)き門の中に消えた。料理茶屋《阿や乃》であった。

「旦那」

日根が追い付いてきた。左右吉は、檜皮葺き門に目を遣り、「ここが《阿や乃》でさあ」と言った。《多嶋屋》の内儀と貞が会っていたまさにその場所である。

「では、お貞と落ち合うのであろうか」

「どうでしょうか。男って奴は、釣った魚に餌(えさ)はやらねえもんですぜ。妾にしている女を、こんな高い店に呼び出すことはねえと思いますが」

「私なら、妻子に一度はこのようなところで馳走(ちそう)してやりたいと思うがな」

「旦那、他人(ひと)は皆、てめえとは違う生き物だと思ったほうがいいですぜ」

「私は間違っているのか」

「間違っちゃいねえんですが……」

三ノ輪のほうに目を向けた左右吉は、町人風体(ふうてい)の男たちがやって来るのに気が付いた。中央(なか)の一人を囲むようにして、隙(すき)のない目付きの男どもが前後を固め、足早に《阿や乃》の門を潜った。

「知り人か」

「ちょいとした大物でございますよ」

金杉上町(かなすぎかみまち)に居を構え、表の稼業は土器屋(かわらけや)となっているが、裏に回ると入谷から三ノ輪一帯を縄張りとする香具師(やし)の元締で、俗に入谷の元締と呼ばれている七郎(しちろ)兵衛(べえ)であった。

土器職人の倅(せがれ)に生まれた七郎兵衛は、まだ年端(としは)もいかぬうちに貧しい家の子を集めて頭角を現わした。次第に勢力を広げ、近頃は高利貸の真似事までしているという噂(うわさ)だった。

「まさか、二人が会うなどということは？」

「仮にも与力の旦那が、それも牢屋見廻りの旦那が、こっそりと香具師の元締と会うなんてぇことは、あっちゃならねえことかと思いやすが」

「確かめて、みたいか」

「そりゃあ、もう」

「何か手立てはないのか。仲居に聞くとか」

「そんな口の軽いのは雇いませんや」

「だったら、どうすればよいのだ？」

「手っ取り早いのがありますが」

「やろう」即座に答え、日根は月代を掻いた。「朱に交われば何とやら、と申すが、私は近頃、無茶を好むようになってな。何をすればよいのか、言ってくれ」

いやはや、恥ずかしい限りだ、と身を竦めている日根に、左右吉が巾着を差し出した。中には、鶴に貰った小粒と、僅かな銭が入っている。

「軍資金です」と、日根に言った。「これで座敷に上がろうとしても、多分、ご浪人で一見の客だから、と断わられるでしょう。そうしたら、玄関口で大声でごねておくんなさい」

「騒げば、よいのだな？」

敷地の中にも竹垣が巡らされており、切れ目に設けられた木戸の脇には見張り小屋があるのだ、と千の言葉を借りて話した。「そこに詰めている張り番の者を引き離して貰わねえと、庭には入れないんでやすよ」

「であろうな」

「奴らがいなくなれば、その隙に忍び込んで、桜井様と元締が会ってるかどうか、見届けてきやすんで」

「危なくはないのか」

「まさか真っ昼間から、殺そうとまではしねぇでしょう」

「分かった。が、いつまで騒いでおればよいのだ?」

「半纏を着たのに、ぐるりと取り囲まれるまでってことでは」

「心得た。やってみよう」

ではな、と言い残し、日根は《阿や乃》の門を潜った。両の腕を袖に入れ、肩を張っている。無頼の者を演じているのだろう。

玄関口に通じている石畳の辺りから声がする。日根を呼び止めているらしい。声が荒くなった。無視しているのだ。

玄関口で騒ぎが始まった。日根の大声が聞こえてきた。

「身共は確かに浪人である。だが、金は潤沢にある。それでも飲ませて貰えぬのか」

潤沢になんぞ、ねぇよ。そこらの煮売り酒屋なら二百五十文もあれば、酒の二、三本に肴を二皿ぐらい何とかなるが、《阿や乃》じゃ、座敷に上がるだけで、もう足りねぇや。やきもきしながら耳をそばだてていると、店の者なのだろう、玄関口に駆け付ける物音がした。

占め子の兎だ。

左右吉は心の中でぽん、と掌を打ち、するすると檜皮葺き門を潜り抜けた。

腰を屈め、植え込みの陰から様子を窺っていると、庭を見通せぬように設けられた竹垣の切れ目に張り番の小屋があるのが見えた。男が二人いたが、立ち上がり、玄関口のほうを見ている。

「無礼者」日根の声がした。「身共を何と心得る。このままでは捨ておかぬぞ」

張り番の二人が頷き合い、持ち場を離れ、玄関口のほうへと走った。

左右吉は木戸を通り、庭へ入った。十段ばかりの石段を上ると、築山の頂きに出た。向こうはなだらかな下りになっている。四季を彩る樹木や草花が植えられ、その間を抜ける小路が池に架かる石橋に続いている。

左右吉はしゃがみ込み、辺りを窺った。

桜井と七郎兵衛が会うとすれば、極力人目を避けるために、離れの部屋を取ったに違いない。今いる築山からは、離れの建物は見えなかった。池のほとりをぐるりと回った先のほうだろう。滝でもあるのか、水音が聞こえてくる。左右吉は小路を縫うようにして、奥へと向かった。

母屋(おもや)の外廊下を行く女の姿が目に留まった。年恰好から見て、女将と思われた。女将は渡り廊下を過ぎると、中廊下に入ったのか、左右吉の視界から消えた。

暫く行くと、池があり、その向こう側に離れがいくつか並んでいた。桜井らはどこに入ったのだろうか。思案していると、女の笑い声が聞こえた。どこだ？離れの一つで障子が開き、女将が障子に手を掛けているのが見えた。

男の声がした。目を凝(こ)らすと、桜井だった。別の声がした。連れがいる。だが、それが七郎兵衛かどうかまでは分からなかった。女将は笑みを浮かべたまま、客に頷くと、そっと障子を閉めた。

間もなくすると、女将が出て来た。母屋に向かって足早に去って行く。程なく酒肴(しゅこう)を載せた膳部を捧げ持った仲居を二人引き連れて、また廊下を渡ってきた。

客は、二人か。

女将と仲居たちは膳部を運ぶと、離れから引き下がった。人払いを告げられたのだろう。

何を話しているのか。側(そば)に寄って話を聞きたいところだったが、池の周りには身を隠すのに都合の良い丈高い草木の類(たぐい)は一切ない。辛(かろ)うじて、低い植え込みがあるだけだ。身を起こして池を回って近付いたら、見付けてくれと言っているようなものだ。

植え込みの陰に陣取り、酒宴が終わるのを待つことにした。

半刻近くが過ぎた頃、座敷で掌を打ち合わせる音がした。渡り廊下越しに控えていた仲居が、摺り足で座敷に行き、部屋の外で膝を突いた。何か頼まれたらしく、一礼して母屋のほうへ戻って行く。待つ間もなく、酒を運んで来た。

まだ飲むのかよ。ってことは、もう半刻ばかりは動きそうもないな。

左右吉が腰を据えようとした時、桜井が座敷から出て来た。帰るのだ。

桜井は、渡り廊下を一人で渡って行く。連れは、残って飲んでいるらしい。人に知られぬよう、間合いを空けて店を出る取り決めでもしてあるのか、それとも、何かで揉めて、怒った桜井が先に帰ったのか。左右吉は、ともあれ、連れの正体を見極めるまでは、と更に身を屈めた。

番頭風体の男が、気忙しげに母屋からやって来た。桜井のいた離れに足を向けていた女将に、何事か囁いている。女将が小声で問い質す。表情が険しい。男が腰を折り、時折表のほうを見ながら答えている。日根の旦那の騒ぎの件に違いない。

女将が、もう一言二言叱責した。男は、一層腰を折っている。言うべきことを言ったのか、女将は襟と髱に軽く手を当てると、澄ました顔で渡り廊下を戻って行った。

座敷の前で手を突いた女将が、障子を開けた。連れの客に、桜井が帰った旨を告げているらしい。

中の客が何か尋ねたのだろう。女将は取って付けたような笑みを浮かべ、口許に手を当てて答えている。女将の顔が突然強ばった。庭に目を遣ったかと思うと、慌てて立ち上がり、客に失礼を詫びると、表へと急ぎ足で立ち去った。

と見る間に、池に面した障子が大きく引き開けられた。五十絡みの男がいた。七郎兵衛だった。

左右吉は、植え込みの陰で身を縮めた。

日根の旦那の芝居がばれたのだ。

押っ付け若い者が庭の見回りに来る。困ったことになりやがったぜ。

舌打ちしても、始まらない。こうなれば、何とかして逃げ出すしかねえ。

左右吉は、七郎兵衛を見ながら立ち上がった。気付いた七郎兵衛と目が合った。七郎兵衛は鷲のような目で左右吉を見据えている。

左右吉はくるりと向きを変え、小路を抜けた。築山を越え、木戸まで走って張り番を蹴り倒し、《阿や乃》から飛び出すしかない。外に出れば、日根が待っているはずだ。

築山を駆け上がり、下りようとした左右吉の足が止まった。七郎兵衛の配下の者が小路を塞いでいる。その後ろには、《阿や乃》の半纏を着込んだ男たちがいた。

「逃げようなんざ、悪い料簡だぜ」七郎兵衛が《阿や乃》に入る時に、先頭を歩いていた男だった。

「連れてこい」木戸近くにいた棒縞の男が、低い抑えた声で命じた。

「歩け」先頭にいた男が、顎で木戸のほうを指した。

「こちらさんにご迷惑をお掛けするといけません。この場は私どもに任せていただいて、暫くの間、お引き取り願えませんか」棒縞の男が、半纏の男たちに言っている。言葉付きは丁寧だったが、有無をも言わさぬ凄みがあった。

半纏の男たちが離れるのと入れ替わりに、七郎兵衛が現われ、「間に合ったようだね」棒縞の男に言った。

「へい」

「いけませんね。長二郎ともあろう者が」

「申し訳ございません」棒縞が腰を折った。

「お前さん、名は？」七郎兵衛が左右吉に聞いた。

名乗った。

「御用聞きだね？」

「縄張りもなければ、親分も子分もいねえけどな」

「住まいは？」

お半長屋だ、と答えた。

「知っているかい？」七郎兵衛が長二郎に聞いた。長二郎が周りの者に目を遣った。

「柳原通りの豊島町にあるのだと思いますが」男の一人が答えた。右の首筋に火傷の痕があった。

「そうなのか」長二郎が左右吉に問うた。

「よく知ってたな」

「詳しく聞いてごらん。嘘だったら、腸を抉ってやりな」七郎兵衛が、酷薄そうに目を細めた。

「寅熊、聞け」長二郎が言った。

「大家の名を言ってみろ」寅熊が聞いた。

「嘉兵衛だ」

「お半ってのは？」

店賃の取り立てが厳しく、因業婆と呼ばれた先代大家のかみさんの名だった。

「嘘は吐いちゃいませんね。昔、近くに住んでいた頃に聞いた通りです」

「よかったね」七郎兵衛が左右吉に言った。「命というものは儚いものだ。大切にしなければね」

「帰すんですかい」長二郎が聞いた。

「二度としないでしょう。帰してやりなさい」

「そんな」

「こんな風雅な場所で、いつまでも野暮をしてても始まらないよ」

七郎兵衛は、左右吉に背を向けると、ゆっくりと歩き始めた。

「…………」

長二郎は、木戸を塞いでいた男らに目配せし、脇に退かせた。

「左右吉とか言ったな。命が惜しかったら、今日のことは忘れるんだ。いいな」

門に向かった。
七郎兵衛の後を追った。
これ
細かに命じてい
日根が駆け寄っていた。

左右吉は黙ったまま木戸を擦り抜け、門に向かった。

左右吉の後ろ姿を見送った長二郎は、七郎兵衛の後を追った。

「本当に、よろしいんで？」

「よろしかないさ。あの男は、直ぐにも生き地獄に送ってやるつもりだよ。これから私の言うことをよくお聞き」

七郎兵衛の話を聞き終えた長二郎が、寅熊ら三人を呼び寄せ、細かに命じている頃、《阿や乃》の門から出て来る左右吉に気付き、日根が駆け寄っていた。

「遅いので、案じていたぞ」

「危ねえところでした。多分、これからはもっと危ねえかもしれません」

「よく分からぬが、今が無事なのはよいことだ」

日根は、左右吉に巾着を返しながら言った。

三

暮れ六ツ（午後六時）の鐘を聞きながら、左右吉と日根は向柳原の富五郎の家に急いでいた。

時折、振り向いて確かめてみたが、跡を尾けてくる者はいない。

あの時、《阿や乃》の若い衆も俺の顔を見た。そうでなければ、木戸口を出る前に、七郎兵衛の手の者に殺されていたに違いない。逆に言えば、《阿や乃》を出てしまえば、どこで殺されても、おかしくはないのだ。

親分はいない、と言いはしたが、調べれば富五郎の手の者であることは、たちどころにばれるだろう。とんだ巻き添えを食わすことにもなりかねない。親分には、事の成り行きを伝えるだけでなく、桜井様と七郎兵衛の結び付きを耳に入れておくべきだ、と考えたのだ。

六ツ半（午後七時）にはまだ間がある頃、佐久間町四丁目裏地の富五郎の家に着いた。日根には、新シ橋近くに出ている屋台の蕎麦屋で、掛け蕎麦を肴に酒でも飲みながら待っていて貰うことにした。富五郎の悪態を聞かせたくないという思いが、咽喉（のど）を潤（うるお）してという理由を思い付かせたのだ。

いささか人を訪（おとな）う刻限には遅かったが、十手捕縄（じってとりなわ）に関わることである。構わずに戸を叩いた。弥五と平太が飛び出して来た。

「誰でえ？」奥から富五郎の声がした。

飲んでいるのか、と二人に仕種（しぐさ）で聞いた。平太が頷いた。

「左右吉でございやす。夜分に申し訳ござんせん」

間合いがあり、富五郎の不愉快そうな声が聞こえてきた。

「……まあ、上がれ」

「へい」

富五郎は、猫板に置いていた盃を手に取ると、一口啜ってから、「飯は？」

と聞いた。

「食いやした」

「いい料簡だ。たまに面を出したと思ったら、飯をたかるってんじゃ、猫と同じだからな」

「お前さん、そんな言い方はおよしよ」鶴だった。鶴は、鮹の足の焼き物と、塩揉みして三杯酢で和えた胡瓜の小鉢を盆に載せ、台所から座敷に入ってきたところだった。

「うるせえ。横から口出しするんじゃねえ」

「何か用だったんだろ？　話しておしまい」鶴は富五郎に構わず、盆のものを猫板に並べている。

「へい……」

富五郎を見た。鮪を口に放り込み、箸で話せ、と促している。

「実は、あれからも《多嶋屋》のお内儀を追い掛けていたんですが」

「ちっとは、はっきりしたってか」

鶴が富五郎の膝を叩いた。「黙って聞いておやりよ」

「お内儀が、根岸に住んでいる囲い者と密かに会っておりやした。その妾の旦那ってのが、牢屋見廻り与力の桜井様だったんでございやす」

富五郎が目だけを上げて、左右吉に聞いた。

「桜井様って、あの、鬼の丙左のお孫様のか？」

「その通りで」

「信じられねえ」

「桜井様を、ご存じで？」

「堅い、真面目一方のお方だって評判だ」

「その桜井様が、下谷の料亭で誰と会っていたと思います？　入谷の元締・七郎兵衛でございます」

弥五と平太が思わず声を発した。本当ですかい？　俺が嘘を言って何になる？

左右吉は逆に問い返した。

「待て、そこまでだ」富五郎が荒い声を張り上げた。「聞かねえ。それ以上、俺は何も聞かねえぞ」

「ですが、親分、二人には繋がりがあるんですぜ。それも、かなり後ろ暗そうな繋がりが」

「てめえは正気か。下っ引が与力の旦那の秘密を握った、と知れてみろ。親分の俺は、よくて手札の取り上げ、奉行所への出入り差し止めだ。悪くすれば、殺されねえとも限らねえ」

「向こうが悪いことをしててもかい?」鶴が聞いた。

「当ったり前よ。いいか、この世は善悪じゃねえ。力があるか、ねえかが、ものを言うんだ」

「ですが、親分」

「くどいぜ。てめえに付き合ってたら、俺はおまんまの食い上げになっちまう。与力の旦那に逆らおうなんぞ、金輪際考えるんじゃねえ」

「親分」

「やっぱり、てめえは疫病神だ。いいか、二度と桜井様のことは口にするな。絶対だぞ。それからな、当分の間、ここへは顔を出すな。分かったら、帰れ」

塩お、撒いとけ。富五郎の怒鳴り声を背に、通りに出、新シ橋に向かった。屋台の傍らの切石に腰掛け、日根が冷や酒を飲んでいた。左右吉は思いを隠し、跳ねるようにして近寄った。

「お待たせをいたしやした」

「不首尾に終わったようだな」事もなげに日根が言った。

「旦那に気付かれねぇように、誤魔化したつもりだったんでやすがね」

「心の動きが歩みに出ていた。分かりやすいの」

「敵いやせんね、旦那には」

富五郎には、碌に話を聞いて貰えなかったことを伝えた。

「どうする？」

「こうなりゃ、あっしは大親分のところへ行くつもりでおりやす。旦那には相済みませんが」と巾着に手を入れ、小銭を浚い、差し出した。「これで、もちっと美味いものを食ってお帰りください。あまりに遅くなりますんで」

日根は右手で制しながら、左手で丼の縁を摑んで汁を飲み干し、

「ともに参ろう」と言った。「何かあるといかぬからな」

「申し訳ござんせん」

伊勢町堀の久兵衛宅に着いたのは、宵五ツ（午後八時）の鐘の鳴る前であった。伝八が威勢よく出迎えた。長火鉢の前で茶を飲んでいた久兵衛は、左右吉の後から入ってきた日根を見て、こりゃ、ご浪人さんもご一緒で、と招じ入れた。

「どうやら、話す気になったらしいな？」

「申し訳ござんせん。その通りなんで」

「大事かい？」

「へい」

「おい」と久兵衛が伝八に、善六を呼んできてくれ、と命じた。

善六は三十を超えたのを機に、近くの長屋に居を移していた。久兵衛の遣り方である。そこで、てめえの子分になる奴を見付けろ、という訳だ。その分の小遣いは、たっぷり渡していた。

「気が急くだろうが、ちっと待ってくれ」

久兵衛が慣れた手付きで茶を淹れた。飲んでいるうちに、善六と伝八が来た。善六の目の縁が赤い。酒を飲んでいたのだろう。

「夜分に済みません」頭を下げる左右吉に、「御用に刻限はねえよ」そう言える善六は、久兵衛の教えを十二分に身に付けていた。

「話してくんな」久兵衛に促され、左右吉が口を開いた。

「実は、とんでもねえものを見ちまいやして……」

豊松を探し始めてからのことを順を追って話した。そして話が桜井に及び、更に料理茶屋で七郎兵衛と会っていたことを告げると、久兵衛らの顔がにわかに険しくなった。

「よく教えてくれた」久兵衛が煙管の雁首を灰吹きに叩き付けながら言った。

「いかがいたしやしょう？」

「決まってる。裏で繋がりがあるってんなら、許せるもんじゃねえだろうが」

「富五郎兄ぃには？」善六が聞いた。

「……それが」左右吉が口籠もっていると、

「いい返事は、なかったか」久兵衛が言いながら立ち上がると、出掛けるぞ、と言った。

「向柳原だ」

久兵衛の声を聞き、慌てて酒を下げさせているのだろう、奥の座敷で物音がしている。

久兵衛が弥五を押し退けるようにして廊下を進んでゆく。

「これは、これは、親分、お迎えもいたしませんで」富五郎が脂の浮いた顔をつるりと撫でて、鶴に茶を言い付けた。

「構わないでくんな」

「でも」鶴が台所に消えた。

「こんな刻限に、何か御用の筋……」善六と伝八とともにいた左右吉の姿に気付き、富五郎が顔を顰めた。

「左右吉から話は聞いたな?」

「へい……」

「与力の旦那の進退に関わることだ。こちとらにも覚悟が要る。下手を打ちゃ、手札を取り上げられるだけでは済まねえかもしれねえ」

「だから、こいつに言ってやったんですよ」富五郎が、左右吉を指さした。「俺たち御用聞きは、手先として働くけれども、与力や同心の旦那に闇雲に従ってる訳じゃねえってか」

「え……」

「おう、邪魔するぜ」

富五郎は、口をあんぐりと開けたまま、少しの間久兵衛を見つめていたが、

「へい……」

と小声で言うと、肩をすぼめた。

鶴が茶を載せた盆を持ち、その後から酒と肴を片付け終えた平太が座敷に入ってきた。鶴は湯呑みを久兵衛と日根の手許に置くと、膝を滑らすようにして、隅にいる左右吉の脇に下がった。

「旦那方が間違っている時は、それをお諫めしてこその御用聞きだよな」

「そうです……」

「山田様なら分かってくださるはずだ。桜井様のことをお調べくださるよう、頼もうじゃねえか」

「へい……」返事に力がない。それを見て取った久兵衛が、

「富五郎」と呼び掛けた。「久し振りに、背中を見せてくれや」

「へっ」

「まだ、寒くなると痛むのか」

「何か、こう、引っ張られるような嫌な痛みでして、うなされることもございやす」

「だろうな。無理言って済まねえが、拝ませちゃくれねえか」

富五郎がしぶしぶと諸肌を脱ぎ、久兵衛に背を向けた。

鈍い光沢を宿した傷が、背を斜めに走り、晒しに落ち込んでいた。

「これだ、これだ」

久兵衛は指の腹で傷をなぞると、

「この傷がある限り、おめえは俺の自慢の手下よ」

「親分……」

「俺はおめえに教わったんだぜ。敵いそうもない相手でも、怯まずに戦えってな」

「…………」

うっ、と咽喉を詰まらせている富五郎に、久兵衛が言った。

「おめえは何も変わっちゃいねえ。そう思ってるんだぜ、俺はよ」

「勿論でさあ」

富五郎は拳で目許を横殴りに拭くと、弥五と平太に、繁三を呼んでこい、と命じた。繁三も三十になったので、久兵衛の遣り方を真似て、近くの長屋に住まわせている。

「繁三にも言っておけ。四の五の言う奴は、俺の手下じゃねえってな。分かったら、急いで連れてこい」

親分、と久兵衛に向き直り、富五郎は言った。

「あっしはやりますぜ。十手持ちの矜持ってもんを見せ付けてやりまさあ」

「それでこそ、富五郎よ」久兵衛が煽り、善六と伝八が囃し立てた。

「七面倒臭い男だね。あたしゃ、亭主を間違えたね」鶴が左右吉の膝を、ぽんと叩いた。

「姐さん……」

「始まりだね。男の肝っ玉ってのを見せとくれよ」

鶴が茶を淹れ換えようと腰を上げたのを止め、「間もなく町木戸が閉まる。帰る前に決め事だけしとこうぜ」と久兵衛が善六らと左右吉に円座を組ませた。日根は壁際に座ったまま聞いている。

明朝六ツ半（午前七時）に久兵衛の家に集まり、一同揃って出仕前の同心・山田義十郎を訪ね、仔細を話すことになった。

「それでいいな」

左右吉より先に富五郎が頷いた。

　それを潮に、引き上げることになった。左右吉が久兵衛らを送ろうとすると、善六と伝八が、それどころじゃねえだろう、と叱り、日根に言った。

「七郎兵衛という男は、何を仕掛けてくるか分かりません。左右吉のこと、頼みましたよ」

「心得ている」

「では」

　新シ橋を渡ったところで別れた。

　上弦の月は雲に見え隠れしている。常夜灯の仄明かりの中を遠退いてゆく三人の後ろ姿を見送りながら、

「腹が減って目が回りそうです。また屋台で済みませんが、腹に入れやしょう」

「そうしたいが」

　日根がお玉が池のほうに目を遣った。

「何か嫌な予感がするのだ。《汁平》を覗いてみよう」

　間もなく番太郎が夜四ツ（午後十時）の拍子木を打つ頃合だった。十四日前に《汁平》が襲われたのも、この時分だった。言われてみると、心騒ぐものがあった。

「安心してから、食いますか」

「そのほうが美味いというものであろう」

だが、余程のことがない限り、夜の町を無闇と駆ける訳にはゆかなかった。左右吉と日根は逸る心を抑え、足早に進んだ。

四

小泉町の通りを折れ、《汁平》のある横町に入ったところで、左右吉と日根は足を止めた。

暖簾は仕舞われ、腰高障子も立てられているが、まだ店の明かりは灯っていた。蓑吉か銀蔵が起きているのか、それとも他の誰かがいるのか。疾うに店は畳んでいる刻限だ。

日根が腰の脇差を鞘ごと抜き取り、左右吉に手渡した。

左右吉は、いつでも抜けるように左手を下げ、腰高障子に歩み寄り、名を告げた。店の中で足音がし、障子に人影が射した。女の姿をしている。開いた。雪が目の前にいた。

「何かあったのか」常ならば、雪は五ツ半（午後九時）には帰るはずである。答えを待たずに、蓑吉と銀蔵はどこにいるのか、聞いた。

「六ツ半頃にいらしたお客さんと、直ぐに帰るからと言って出掛けたきり、まだ戻らないんです」

二人の帰りを待たずに戸締まりをして帰ることも出来たが、もう少し、と待っているうちに、この刻限になってしまったらしい。左右吉は脇差を日根に返し、雪に尋ねた。

「客ってのは、見たことのある奴か」

「いいえ、初めての方でした」

「年恰好は？」

「平太さんくらいで、お店奉公をしているようには見えませんでした」

二十歳前後というところらしい。

「そいつが来た時、蓑吉たちは驚いたようだったか」

「おやっ、という顔はしていましたが、別に驚いた風ではありませんでした」

「そうかい。よく見ていたな」

雪は少し歯を覗かせたが、親方さんたち、と言った。

「どうしたんでしょう？　この前、押し込みに入られたばかりだし、あたし、怖くて」

「心配することはねえよ。あの二人は、並の奴どもより腕っ節(ぷし)は強いからな」

「だと、いいんですけど……」

「待ってる間に、何か食ったか」

「いいえ」

「そいつはいけねえな。腹ぁ減っただろう。俺たちも減ってるんだ。何か作ろうじゃねえか」

「でも」と言って、雪が厨(くりや)を見た。

「構わねえだろうよ。今夜はもう客は来ないんだ。腐らせるより、いいじゃねえか」

　左右吉が入れ込みを左右に仕切る通路を歩き掛けたところで、店の腰高障子が開いた。蓑吉と銀蔵だった。蓑吉は左右吉と日根に目を留めてから、雪に、「まだいたのか」と言った。

「心配して帰りそびれていたらしいぜ」

「そいつは済まないことをした。知らせようにも、知らせられなくてな」

「何も食ってねえらしいので、何か作ろうか、と言ってたんだ。腹を減らしているのは、俺たちもなんだけどよ」

「もう握り飯しか作れねえが、それで我慢してくれるか」

「済まねえ」左右吉が言い、日根が礼を言った。遅れて、雪が頭を下げた。

蓑吉は、左右吉と日根の間を擦り抜けるようにして厨に向かった。銀蔵が続いた。銀蔵の袖に黒い染みがあった。乾いた血のように見えた。

目で追い掛けた左右吉の肩を、日根が叩いた。首を横に振っている。左右吉は何食わぬ顔をして、どこに行っていたのか、尋ねた。

「知り合いが、金の貸し借りで揉めてな。その仲裁だ。つまらない話さ」

「時折、思うのだ」と日根が、入れ込みに座りながら言った。「この世の中は、他愛(たわい)のないことで出来ているのではないか、とな。それを人は、一大事と勘違いして、殺し合いまでする。目が覚めるまで、それが分からぬのだな」

「………」銀蔵が洗い物の手を止めて、蓑吉を見た。

蓑吉は聞いていなかったような顔をして、間もなく、と言った。

「町木戸が閉まる。雪は俺たちが送るから、帰って食ってくれるか」

「分かった」

竹の皮に包まれた握り飯を懐に収め、《汁平》を後にした。雪が見送ってくれた。

横町を折れたところで日根が、「あれは血であったな」と言った。「もし銀蔵が人を殺めてきたとあれば、捕えることになるのか」

「それが出来ねえようなら、御用聞きの手下になんぞ、なりやしません」

「無駄なことを聞いたようだな」

「そうでもありやせんぜ。あっしは秤じゃござんせん。白黒の付けられねぇこともありやすからね」

「成程の」

足音がひたひたと通りに響いた。

豊島町の町木戸は閉じられていた。番太郎を呼び、潜り戸を抜けた。

大方の者は寝静まっている刻限である。日根が声音を抑えて言った。

「師範代から下り酒を貰った。これと言って酒の肴はないが、飲むか」

「ありがてえ。咽喉が干上がってやした」

「ならば、戸締まりをして、壁を抜けて来るがよい」

「そういたしやす。しかし、締め切ったのでは、暑くて敵わねえですぜ」

「何を申す。これから危ないのはお主だぞ。暑いくらい、我慢せい」

長屋の木戸も閉まっていた。月行事の借店に通じている鳴子の紐を引いた。

遠くでからころと音がし、月行事の左官屋が出て来た。左右吉と日根と知り、

「こりゃ、お揃いで、どちらへ？」

適当に取り繕って話すのは面倒だった。早く酒が飲みたかった。

「そこで会っただけだよ」

木戸から路地を抜け、借店に入った。月行事も借店へと戻り、長屋から再び音が絶えた。

それを木戸門に耳を付けるようにして聞いている二つの影があった。一つがもう一つに、手でどこかを指した。もう一つの影が、町木戸のほうへと走り去った。

指に付いた飯粒を舐め、酒の入った湯呑みを一息に飲み干した。胃の腑の底で酒が跳ね、飯粒が踊っている。

「美味え」

左右吉は抑えた声で一声唸り、湯呑みに酒を注ぎ足した。

思わず笑みを零した日根が、左右吉を手で制し、聞き耳を立てた。木戸の辺りで、押し殺したような声がしている。鳴子が鳴り、左官屋が木戸を開けた。足音が路地を伝ってきた。五、六人はいる。

「どっちで？」左右吉が聞いた。以前、日根を仇と狙う刺客に寝込みを襲われたことがあった。

「小池が、二度とあのような真似はさせぬと請け負ったからには、私には、まず果し状が来るはずだ。闇討ちはない、と思う」

「それじゃ、あっしですか」

「だろうな」

どんどん、と左右吉の借店の雨戸が叩かれた。

「戸締まりが役に立ってくれたようだぞ。明かりが漏れる。急いで灯を消して、壁を塞げ」

左右吉は行灯の灯を吹き消し、壁の穴を両側から枕屏風で塞いだ。

提灯と龕灯の明かりが日根の借店の隙間から射し込み、障子を鈍く照らしている。

七郎兵衛の手の者ならば、明かりを使うはずがない。とすると、奉行所の者ということになる。まさか、桜井様が何か手を打ったのか。

左右吉の借店の雨戸と腰高障子が外され、放り投げられたらしい。荒々しい音がし、次いで借店に上がり込んだ捕方らの入り乱れた足音が床を鳴らしている。

「おらぬぞ」誰かが怒鳴った。

「そんな馬鹿な。確かに入る音がしていたんでございますが」路地から答えている。

「見てみろ」

足音が土間に入った。

「どこに行ったんでしょう？」

「儂が知るか」外に出て、叫んでいる。「探せ。何としても探し出すのだ。まだ近くにおるに相違ないぞ」

足音が左右に散った。同心が大家の嘉兵衛を呼んでいる。

「左右吉の行き先に心当たりはないのか。店子の不始末だ。隠し立ていたすと、其の方もただでは済まぬぞ」

「そのように仰せられましても……」嘉兵衛の声が震えている。

「思い当たることとあらば、申し出よ。それまでは、下がっておれ」嘉兵衛の力のない足音が路地の向こうへと消えた。

突然、壁がことり、と鳴った。誰かが左右吉の借店の中にいるのだ。

日根が立ち上がり、心張り棒を手にして、穴の脇で構えた。

耳を澄ました。何かをまさぐっていた音が止み、誰かが外に飛び出して叫んだ。

「碧玉（へきぎよく）の香炉（こうろ）でございやす。確かに、隠し持っておりやした」

「やはり、此奴（こやつ）が盗んだのだな」

左右吉は外の声を聞き、慌てて顔の前で激しく手を振った。

「やってねえ」

「分かっている」

日根は、音を立てるなよ、と言い置くと、戸を開けて外へ出た。

「何か、あったのですかな?」近くにいた同心に聞いた。

「用はない。出るな」長さ一尺五寸（約四十五センチメートル）の朱房十手（しゆぶさじつて）で日根の借店を指した。

「これは異なことを。浪々の身なれば、かような刻限に騒がれても、尋ねることすら身に過ぎたこと、とでも言われるのか」

「隣の者がどこにおるか、知っているなら申せ」

「こちらの問いに答える前に尋ねられても、困りますな」

「何ぃ」

碧玉の香炉を検使出役(けんししゅつやく)の与力に手渡していた御用聞き風体の男が、同心の声に目を上げ、跳ねるようにして駆け寄ってきた。

「旦那、ここは」お任せを、と目で言ってから日根に、ご浪人さん、といかにも世慣れた風に話し掛けた。

「失礼でございますが、お名を承(うけたまわ)りとう存じます」

「構わぬが、聞く前に、自らの名を名乗るのが礼儀ではないか」

「三ノ輪の亥助(いすけ)と申します」

「御用聞きか」

「左様(さよう)で」

　三ノ輪の亥助――。

　聞き覚えがあった。確か、強い者にはおもねり、弱い者は徹底的にいたぶるというので鼻つまみ者だったはずだ。縄張りの三ノ輪と言えば、香具師の元締・七郎兵衛の縄張りでもある。亥助と七郎兵衛が連(つる)んでいるのだとすれば、この捕物は七郎兵衛の意を受けた桜井丙左衛門が仕掛けたものかもしれない。七郎兵衛では捕物出役を促すことなど、到底叶わない。

　おいおい、と左右吉はてめえとも誰とも分からぬ者に呼び掛けた。《阿や乃》での密談を嗅ぎ付けられたからって、口封じに牢屋送りを狙ったんじゃねえだろうな。そうだとすると、とんでもねえ奴らだぜ。

「隣の者が何をした？」日根が聞いている。

「それは申し上げられません。ご勘弁を」

「隣の者は、御用聞きだぞ。存じておるか。このような仕儀になるとは何かの間違いであろう」

「旦那」亥助の声には嗤いが含まれていた。「御用聞きじゃあございません。その手下でございます。そこんとこを、間違えねえでおくんなさいやし。まだまだ年季ってものが入っていねえ、尻っぺたの青い、駆け出し者でございますよ。そんなこたぁ、雨乞とか他人様に呼ばせて悦に入っているってので分かりそうなもんじゃありやせんか。日照りの世の中に恵みの雨を降らせるとか何とか言ってるらしいですが、それこそ思い上がりって奴ですよ」

「そのような心意気のある御用聞きが少ないのが、今の世なのではないか。天晴れではないか。少し見直してやりたいものだ」

「……旦那は、先程左右吉と一緒に帰って来なさったそうですね」

「ついそこで会ったのだ」

「そういう話でやすね……おい、仁吉、覗いてみろ」

手下なのだろう、若い男がへい、と頷くと、無造作に日根の借店の腰高障子を開けた。土間に黒い影が入るのが左右吉の目に映った。まだ闇に目が慣れないのか、凝っと動かない。

「無礼者めが」

日根が仁吉の襟首を摑み、外に引き摺り出した。

「親分」仁吉の声が僅かに遠くなった。

「断わりもなく勝手に入りおって。どうだ、中に誰かいたか」

「いいえ」

「当たり前だ。私は余人を入れぬのを信条としておる」

「ご浪人さん、手荒なことはよしにしていただけやせんかね。こちとら、御用の筋で来ているんですぜ」

「分かっておる。お定めは守る。だが、武士としての矜持も守る。文句があるのだろう。

「では、再度尋ねる。此奴は、何をいたしたのだ？」顎で左右吉の借店を指した
「いいえ……」

か」

「《阿や乃》ってぇ料理茶屋から香炉を盗んだんでございますよ」

「《阿や乃》とは、あの《阿や乃》か」

「ご存じで？」

「まあ、そうなる。しかし、この出役騒ぎは、いささか大仰なのではないか」

「冗談じゃねえ。手下と言えども、お上の御用に関わる者が、盗みを働くなんて
のは、許されることじゃねえんですよ」

「成程。相分かった」

「分かったら、もう邪魔はしねえでおくんなさいよ」

仁吉を従えて、表へ向かおうと歩き出した亥助を、日根が呼び止めた。

「まだ何かあるんですかい？」

「戸締まりだが」

「へ？」亥助は口をぽかんと開けた。日根は左右吉の借店を指し、

「戸を立ててよいか」と聞いた。「開いたままでは、猫が入るでな」

「猫だぁ？」

「塒（ねぐら）にされると、臭いし、うるさいでな」

亥助は出役の同心を見た。伺いを立てているのだ。同心が小さく頷いた。

「構わねえですよ」

「左様か」

日根は左右吉の借店の腰高障子と雨戸を閉めると、引き返して来、己の借店の雨戸と障子を立て、暫く耳をそばだててから、左右吉の傍らに腰を下ろした。

「どうしてもお主の口を封じたいらしい」

「御用聞きが牢に入ったらどうなるか、ご存じですか」

「嫌われるだろうな」

「そんなもんじゃござんせん。糞（くそ）を食わされて、殺されるんです。手下でも一緒です」

「実（まこと）か……」想像したのか、日根が唇をへの字に曲げ、不味（まず）そうな顔をした。

「ご牢内で始末を付けようって魂胆（こんたん）でやすね」

「桜井丙左の差し金か」

「でしょうね」

「すると、桜井の正体を暴かぬ限り、其の方が命を永らえる途はない、ということになるな」

「そういうことになりやすね」

「当てはあるのか」

「ない訳じゃありやせん。敵方は、あっしを陥れようとして、うっかりいい土産を残してくれやしたよ」

「何だ？」

「亥助の奴、やけに簡単に香炉を見付けたようですが、あっしが借店に戻った時、目に付くところには香炉なんてものはありやせんでした」

「彼奴らが持ち込んだのであろうか」

「それか、七郎兵衛の手下の誰かが隠していったか、でやしょうね」

日根は組んでいた腕を解くと、「豊松どころではなくなったな」外の様子を窺うようにして言った。

「それは、どうでしょう。豊松を追い掛けていたら《多嶋屋》のお内儀に行き当たり、お内儀を張っていたらお貞に、それからは桜井様と七郎兵衛と、とんでもねえ顔触れの裏を覗く羽目になっちまいやした。もし豊松がお内儀に付きまとっていただけでなく、桜井様にまで辿り着いていたとしたら、どうです？　すべて繋がってくるじゃねえですか。だからこそ、あっしを始末しに掛かったんでやすよ」

「其の方は御用の筋の者だから、というので罠に嵌める手を考えたのだとすれば、こう申しては何だが、豊松にはそのような手間は掛けなかったのではないか」

日根の言葉に頷こうとして、左右吉はふと身体を硬くした。あの豊松が、簡単に殺されて堪るものか。きっと、生きてる。生きて、どこか遠国で、のうのうと暮らしてやがるに決まっている。

「ともかく」と日根が言った。「明け方にはここを出て、安全なところに隠れるしかあるまい。心積もりはあるのか」

「さいでやすね」前に住んでいた善光寺前町にある日払い長屋を思い浮かべたが、鳥越の彦右衛門の一件の際のお調書に、住所が記されているかもしれない。危ねえな。とすると、悪所か。鮫ヶ橋か深川に潜り込んでしまえば、底知れぬ闇が隠してくれる。奉行所も、おいそれと手が出せねえはずだ。

そこまで考えた時、豊松に女がいることを思い出した。深川だ。ひょっとすると、奴は深川に隠れているのかもしれねえ。

「取り敢えず、お千殿の長屋に行く、というのはどうだ？」日根が言った。

「お千、でやすか」

言われてみれば、妙案だった。まさか岡っ引の手下が掏摸の長屋に転がり込むとは、誰も思わないだろう。何日か匿って貰い、探索の手が緩んだところで、深川へ豊松を探しに行けばいい。

「お千殿の所へお主を送り届けたら、私は大親分殿の家へ行ってみよう。香炉と亥助のことを伝え、必ず身の証が立つようにして貰うから、暫くはおとなしくしておれ」

己に降り掛かった火の粉である。人任せにして己は安穏としている気はなかったが、それを言っても始まらない。

「お願いいたしやす」折れてみせた。

左右吉と日根は、暗闇の中で夜を明かし、八ツ半（午前三時）に借店を出た。お半長屋には戻らない、と踏んだのか、見張りの気配はない。

「このような時には、占め子の兎、と言うのだな」

日根が珍しく軽口を叩いた。緊張しているのかもしれない。無理もない。左右吉が今捕えられれば、庇い立てした者として日根もお縄にかかることになる。

左右吉は音を立てないよう、総後架（長屋の共同便所）裏の板塀をそっと外した。潜り抜けた先は、お半長屋と背中合わせにある隣の長屋である。長屋を横切り、内側から木戸を開けて通りに出る。後は横町伝いに行けば、豊島町から抜け出せる、という寸法だ。

「あっしは暫く戻れませんから、猫が入らないように、夜は見張りを頼みますぜ」

日根に言い置いたのだが、亥助に猫をだしに使ったことなど忘れているらしい。ひどく生真面目な顔をして頷いた。

五

豊島町から橋本町までは僅かな距離である。左右吉と日根の足では、指呼の間と言ってよい。瞬く間に着いてしまった。

左右吉は亀井町の東河岸にある、竹森稲荷の境内に日根を誘い、そこで明け六ツ（午前六時）を待つことにした。

夏の夜の一刻（約二時間）は短い。六月でよかったぜ。左右吉は心中密かに掌を合わせた。

納豆売りの子供らの足音を聞いているうちに、長屋の木戸が開く明け六ツになった。

左右吉と日根は、白々明け（しらじらあ）の通りを千の住む寿（ことぶき）長屋へと急いだ。寿長屋は二階長屋である。

木戸を通り、腰高障子に書かれた文字を読みながら、奥へと進んだ。千と書かれた借店があった。

戸を叩いている間に、誰かに見咎（みとが）められては拙（まず）い。戸を静かに引き、中の土間に身体を滑り込ませた。日根も器用に後に続いた。

「誰だい？　おっ母（か）さんかい」階段の上から千の声が降ってきた。

「俺だ」声を抑えて左右吉が言った。

「俺なんてのに、知り合いはいないね。名をお言い。言わないと、大声を出すよ」

「左右吉だ」

「………」

階段の上に、千が顔を覗かせた。

「あれま、どうしたのさ?」日根にも気付いたらしい。「何か、あったのかい」

「話は後だ。上がらせて貰うぜ」

「あいよ」

畳に上がり、胡坐を掻いていると、二階で布団を畳む音がし、手早く着替えた千が急な階段を駆け下りてきた。

問われる前に左右吉は、桜井丙左衛門を尾け始めたところから、お半長屋を抜け出すまでのことを掻い摘まんで話した。

「罠に嵌めようとしたんだ。汚いね」

「このような時はお千殿が一番頼りになるから、とここに来た次第なのだ」日根が、このところ身に付けてきた如才なさを発揮してみせた。

「そういうことなら、お引き受けいたしましょう」千は胸をとん、と叩くと、朝ご飯は、と聞いた。昨日から握り飯しか食べていない、と答えた。

「まずは腹拵えって訳だね」千が釜に米を入れ始めた。

「おっ母さんは？　見えねえようだが」

「朝の慣ってやつでね、千代田稲荷にお参りに行ってるんだよ。上手いこと間抜けな金持ちに巡り会えますように、取っ捕まりませんようにってね」

千代田稲荷は小伝馬上町にあり、堀を挟んだ隣が牢屋敷である。

「お蔭で、おっ母さんもあたしも、無事に働けるって訳さ」

「母上殿も、その、何だ、いたしておるのか」日根が聞いた。左右吉も聞きたかった。もう掏摸の一線からは身を退いているものとばかり思っていた。

「剣の道に、ここまでってことはあるのかい。いくつになっても修行、だろ？　同じだよ」

「成程」

唸っている場合ではない。

「逃げ足の遅い掏摸なんざ、半分捕まっているも同然だ。早いとこ、隠居させた方がいいぜ」

「そうは言ってるんだけどね。元手の要らない仕事ってのは、退き時がなかなかね」

千が米を研ぎに井戸端へと出た。序でに歯を磨き、顔を洗ってくると、竈の前に腰を落として飯を炊き始めた。開け放たれた天窓から煙が立ち昇ってゆく。

「まだ当分炊けぬか」日根が千に尋ねた。

「火を熾したばかりだから、まだまだだよ」

「致し方ない。刻限に遅れるでな。私は大親分殿のところで何か食べさせて貰うことにいたす」

「申し訳ありやせん」左右吉が言った。

「いいってことよ。こいつは、貸しだぜ。このような時は、そう申すのだな」

「左様で」

「ではな。お千殿、頼みましたぞ」

「あいよ」

日根が腰高障子から首を出し、店子らの様子を窺ってから、長屋を飛び出していった。

「済まねえが、飯が炊けるまで横にならして貰うぜ。昨夜から寝てねえんだ」

腕枕で寝ようとすると、千が押し入れから敷き布団と寝茣蓙に夏の掻巻を取り出してきた。やはり二階長屋は広いのだ、と感心しているうちに、眠ってしまった。

人の気配で目覚めると、五十半ばの脂気の抜けた女が傍らに座っていた。団扇で扇いでくれている。

左右吉は跳び起きて名乗り、留守中に上がり込み、寝てしまった不調法を詫びた。

「気にしなくていいよ。噂は聞いているからね。あたしは千の母親で、万。腕のほうも十掛けだと覚えておいとくれ」

「そうなんで？」

「鈍いね。見りゃ分かりそうなもんだろうにさ。あたしゃ習練に習練を積んで指遣いを身に付けた口さ。あの子のは、手癖が悪いだけ」

「………」

答えに窮し、千に助け船を求めると、聞き流しときな、と言って、膳を運んできた。二人とも、まだ食べていないらしい。左右吉の膳と差し向かいに二つの膳が並んだ。

「それじゃ、急いで食べちまおうかね」万が言った。

「お急ぎで？」

「別に」

「でも、急いで、と」

「のんびり、ねちねち食べるのは性に合わないんだよ」

「そういうことで」

「食べますよ」千が言った。

炊き立てのご飯に、納豆汁と剝き身の佃煮だった。腹の虫がぐうと鳴り、あっと言う間に三膳平らげてしまった。

「いい食いっぷりだね。こりゃ、あたしの好みだよ」

「おっ母さん、今はそんな冗談を言ってる時じゃねえんですが」

「何だい、もっと楽におしよ。これから一つ屋根の下で暮らすんだからさ」ねっ、と万が千に言った。「あんたからも言っておやりよ」

「どこだって塒にする気楽な奴なんだから平気だよ」

「お前が連れてくる男は、いつもそんなのだね」

左右吉は聞こえなかった振りをして、再び横になった。直ぐにまた眠ってしまったらしい。起き出し、何刻になるのか千に聞いているところに、日根に案内されて、久兵衛と富五郎が現われた。少し経ってから繁三、弥五、平太、最後に善六と伝八がこっそり入ってきた。一度に入っては目立つと見て、間合いを取ったのだろう。部屋の中が急に手狭になった。

「おう、いろいろあったぞ」富五郎が開口一番、大声を張り上げた。

「馬鹿野郎。人目を憚っているんでい。静かに話さねえか」

久兵衛に叱られ、富五郎が声音を抑えて、日根の旦那も追われる羽目になりなさった、と言った。

「壁の穴が露見いたしたのだ」

今朝、当番方から左右吉捕縛の命を引き継いだ臨時廻り同心が調べに入り、見付けたという話だった。日根が橋本町からお半長屋に戻った時には、長屋中大騒ぎになっていたらしい。

「大家さんにも？」左右吉が日根に聞いた。

「ばれた。壁に穴を開けられていたと驚く暇もなく、左右吉隣人の日根なる浪人は、お上の目を謀り、咎人を匿うた不届者である。見付け次第、即刻自身番に引っ立ていい。確と申し渡したぞ、と臨時廻りに強硬に言われたそうだ。ともかく、左右吉に罪はないからとなだめすかして、こっそり抜けて来た。今頃、寝込んでいるやもしれぬ」

「日根さんも、ここに来やすか」

「あたしなら構わないよ」千が言った。

「いいや、日根さんは親分が引き受けてくださったから、安心しねえ」

富五郎の言葉を受けて久兵衛が、そのほうがいいんだ、と言った。

「相手は七郎兵衛と桜井様だ。用心棒に貸して貰うぜ」

「親分」と善六が、山田様のことを、と促した。

「責付くねえ。今、言うところよ」久兵衛は、吃驚なさったぜ、と切り出した。

定廻り同心の山田義十郎は、あってはならぬことだ、と憤り、証が得られるまでは極秘に調べたい、力添えを頼む、と頭を下げてくださったんだぜ。

富五郎が拳で洟を拭った。

「まず、桜井様と七郎兵衛が何のために密かに会ったのか、そこのところを探らねえといけねえ」久兵衛が言った。「そこで、二人が《阿や乃》で会った頃、牢屋敷に送られた者の中に七郎兵衛の息の掛かった者がいたかどうか。いたら、何をやり、どうなったか。それを調べていただくことにした。今日中には分かる、と仰しゃっていた」

「会っただけ、なんてことはないでしょうね」伝八が口を挟んだ。

「それでも見られちゃ拙いことは拙いが、左右吉を牢屋敷に送ろうとまではしねえだろう」善六が言った。

「そうでなければ」と日根が言った。「左右吉が豊松を探していることが、気になったか、だな」

「それで会った、となれば……」繁三が言った。

「豊松の身に、何かあった、ということだろうな」久兵衛が左右吉を見ながら、しかし、と言い継いだ。「今は先走らねえで、一つ一つ調べてゆこうぜ。山田様のお調べを待とうじゃねえか」

一度にどやどやと出ては人目に付く。来た時と同様、散けて千の借店を出ることになった。

「いいか、ちょろちょろ出歩くんじゃねえぞ。それでなくても、てめえは余計なものに出会しやすいんだからな」

捨て台詞を残して、富五郎が三人の手下を連れて、先に出た。

「あんな奴だが、心配はしているんだ。分かってやっちくれ」

久兵衛が善六に頷いて見せた。善六は懐から巾着を取り出すと、左右吉の膝許に置き、

「空っ穴じゃ身動きが取れねえだろう。親分からだ。ありがたく頂戴しときな」

「親分」左右吉は巾着を握り締め、額に押し当てた。

「ご大層なもんが入っている訳じゃねえ。大仰な真似をするんじゃねえよ」

久兵衛は、千と万に、頼みます、と頭を下げ、善六を促すと戸口から消えた。

「いいねぇ。あたしゃ、惚れちまったよ」と万が土間に下り、身体をくねくねさせながら言った。


一夜が明け、六月九日となった。

朝餉に次いで昼餉を終えた午後、久兵衛が日根を伴って、寿長屋に現われた。

「待たせたな。山田様が調べてくださったぜ」

それによると——。

「七郎兵衛の子分に寅熊ってのがいる」

「知っておりやす」右の首筋に火傷の痕のある男だった。

「そうかい。話が早くていいや」

今は誰も入っちゃいねえらしいが、半月程前に、その寅熊が太物問屋《田丸屋》の若旦那を殴って怪我をさせたという一件があった。若旦那が足繁く通う茶屋の女を巡っての諍いだという寅熊の申し開きに、若旦那も同意し、怪我の程度からすれば本来なら中追放になるところだったが、敲きの刑で済んでいた。

「だがな、この一件は、闇で《田丸屋》の主に高利で金を貸していた七郎兵衛が、返済が滞っている《田丸屋》を脅すためにやったものだ」

「それが分かっていて、どうして七郎兵衛をお縄に出来ねえんです？」

「七郎兵衛は、てめえが表立って動くことはねえ。阿漕な金貸しも、賭場の開帳も、別の者を立ててやる抜け目のねえ男だ。証が摑めず、やむなく野放しにしているんだ。それにな」と久兵衛が前屈みになった。「寅熊が敲きで済んだ裏は、もう一枚ある。桜井様が間に入り、《田丸屋》には将来があることだから、とことを穏便に済ますよう、根回しされたって話だ」

「そんな口出しをするなんて、お役目違いじゃないんですか」千が聞いた。

「桜井様のお家は、鬼の丙左を出したってことで、奉行所内でも名が通っている。吟味方与力の旦那にも遠慮があるのだろうな、と山田様は仰しゃっていた」

「《田丸屋》には？」

「勿論、聞いた。金なんか借りていない、争いになったのはこちらの方に落ち度が、と若旦那も主も言うばかりでな。怖がって何も話さねえのよ」

「《阿や乃》の香炉についても、お主の親分が調べに行ってくれた」と言って、日根が言葉を継いだ。「しかし、盗まれたと言い張っており、実際、そう信じ切っているという話だ。何しろお主が潜り込んだのは確かなのだからな、分が悪いのだ」

「山田様によりますと、あの《阿や乃》ってえ料理茶屋は、毎年南北の奉行所に二十両の付届をしておりましてね。そこから盗まれた、という訴えが出た上に、不届きな御用聞きを野放しにしては奉行所の恥である、という桜井様の一言が効いて、夜分にもかかわらず、捕方の出役となったようでございますね」

久兵衛は左右吉にも聞かせるようにして日根に言うと、太い息を吐いてから、

抜かりがねえよ、と左右吉に言った。「奴らのやることには」

「面白くねえっすね」左右吉が答えた。

「面白くねえことは、他にもある。富五郎が手札を取り上げられた。ついさっきのことだ」

「そんな。大丈夫なんで？」

「手札を下された当の山田様が、年番方与力様からきついお叱りを受けちまってな。無論、桜井様の差し金だろうよ。ともかく、一旦手札は山田様にお返し申し上げた。お前の件の白黒がはっきりするまでは、奉行所への出入りはもとより、外出も遠慮しろってぇご沙汰らしい。繁三、弥五、平太もご同様だ。かみさんの

お鶴に聞いてきた」

「えれえ迷惑を掛けちまいやした。さぞや、怒っておいででしょうね」

「そりゃあ、すごいそうだ。見せてやりたいくらいだ、とお鶴が言っていた。富五郎より腹が据わってる。たのもしい女だ」

「へい……」

「潮っ垂れてんじゃねえ。ここで何とかするのが、てめえの度量ってもんだろうが」久兵衛が言った。「そういう度量は人一倍あるだろうが、てめえには」

へい。熱いものが込み上げてきた。一緒になって目頭を押さえている千と万に、日根が白湯(さゆ)を頼んだ。済まぬ。咽喉が渇(かわ)いてな。

畳に手を突き、立ち上がろうとした千が、足音に気付き、途中で動きを止めた。長屋の路地を誰かが駆けてくる。

千が左右吉に目を遣った時には、太刀(たち)を手にした日根の姿は既(すで)に戸口近くにあった。

腰高障子が開いた。久兵衛の手下の善六と伝八がいた。

「どたどた走ってくるんじゃねえ。長屋の衆が聞き耳を立ててるじゃねえか」土間に入った二人に、久兵衛が言い、改めて尋ねた。「何があった?」

上がってるんで」

「大変なんです。殺しがありやして、左右吉が手を下したんじゃねえかって声が
「殺されたのは、誰だ？」久兵衛が聞いた。

「阿部川町の弥太郎とかいう奴で」

「何だって？」左右吉は思わず身を乗り出した。

「知ってる奴なのか」

「へい、昔馴染みで。豊松のことを先日聞いたばかりです。一体いつ？」左右吉は善六に尋ねた。

「一昨日の宵五ツ過ぎという話だから、伊勢町堀に来たちょいと後じゃねえか」

善六が言った。

「向柳原を出て、伊勢町堀に向かっている頃です……」

不意に目の前に銀蔵の姿が浮かんだ。あの夜、袖に血を付けて《汁平》に戻ってきた。弥太郎が殺された頃合から一刻ばかり過ぎたところだろう。あの血は、弥太郎の血だったんじゃねえか……。

「どうして左右吉が疑われているんでぇ？」久兵衛が聞いた。

「左右吉と弥太郎が空き地で喧嘩しているのを見たという申し出があったそう

で。覚えはあるのか？」

「ございやす……」確かに、見ている者がいた。だが、あれは四月の話だ。それを覚えていただけでなく、どうして俺だと分かったのだ？

「おめえ、阿部川町辺りで、名を名乗って、豊松のことを聞いて回っていたんじゃねえか。それを覚えていた奴がいたのかもしれねえぞ」久兵衛が言った。

「そうでした……」

「裏で桜井様が手を回して、殺させたなんてことは……」伝八が聞いた。

「いや、それはねえだろう。香炉と違って、人殺しだ。そうおいそれと作り込むことなど出来やしねえよ。それよりも、丁度いい具合に殺しがあった、と奴ら手を叩いていやがるんじゃねえか」善六が言った。

「殺しとなると、お調べも半端じゃねえ。ここも危ないかもしれねえな」久兵衛は借店の中を見回すと、ちぃっと待ってろ、と左右吉に言った。「えれえところを思い付いた」

出歩くなよ。久兵衛は言い置くと、日根らを伴って長屋を後にした。

「誰が、その弥太郎ってのを殺ったんだろうね？」心張り棒を支っている万を見ながら、千が言った。

「だいたいの見当は付いてるんだが、身動きが取れねえからな」

「なら、どうして大親分に言わなかったのさ」

「確かめた訳じゃねえ。今はまだ言えねえよ」

「大親分に話して、確かめて貰えばいいじゃないか」

「それは、俺の仕事だ」

「何だい、心配してるのにさ」

「あのさ」と万が土間からよいしょ、と上がり、ぺたりと座って言った。「どうもね、夫婦でもないのに痴話喧嘩なんぞされてると、鬱陶しくていけないよ。あたしゃ、一回りして来るから、悪いけどその間に引っ付いといてくれないかい。こんな時は、あれこれ考えるより、引っ付くのが一番なんだよ。そうすりゃ、他人と暮らしてるようなぎくしゃくしたのも消えるからね」

「そんな……」左右吉が驚いて、万と千を交互に見た。

「嫌なら、出てっとくれ」

「嫌かい？」千が言った。

「そんなこたぁ、ねえけどよ」

「なら、行って来るよ」万は土間に下りると、心張り棒を外し、「支い直しとくんだよ」と言って、腰高障子を閉めた。万の影が、木戸のほうに流れて消えた。

「おっ母さん、本気か」

「本気だね」心張り棒が外れないかを確かめながら、千が答えた。

「参ったね」

「あたしが嫌いかい？」

「そんなこと、考えたことなかったからな」

「考えなくてもいいさ。一回ぐらいしてみたって罰(ばち)は当たらないよ」

「そうだな」

「となれば、おっ母さんは、足が速いんだよ」千は帯に手を掛け、脱ぎ始めている。

「まさか、こんなことになるとはな。でもよ、後々の話の種になるかもしれねえな」

「あのね、話しながら脱ぐの、止めておくれよ。何だか湯屋にいるみたいだからさ」

「違(ちげ)えねえ」

左右吉も慌てて帯を解いた。

その日の夕餉には、万が土産に買ってきた卵焼きが付いた。三人で膳を囲んだ。

「美味しいねえ」と万が言い、「これは、どこの?」と千が聞いている。

どこのでもいいじゃねえか。言いたかったが、黙って箸を動かした。左右吉は飯を食いながら、てめえがひどく場違いなところにいるような気がしていた。

夕餉を終えると、することがない。千とのことがあっただけに、もう寝ようか、とも言いづらい。万の掏摸の手柄話を聞いている間に、日が落ちた。

「おっ母さん、話はその辺にして、続きは明日に取っときな」

言いながら湯呑みを片付けた千が、雨戸を閉めようとして、外を窺っている。

「どうした?」

「誰か来るような気がしたんだよ……」

「何だって?」左右吉も気配を探るように耳を澄ませた。

長屋の路地のほうから足音が聞こえた。

「お逃げ」と万が素早く動き、裏の障子を開けた。前もって用意しておいたのだろう。手には草履が握られている。やはり、年季が違う。

「ありがとよ」敷居に足を掛けた左右吉を、男の声が呼び止めた。
「待ちねえ」久兵衛であった。

第四章　深川《櫓下》

一

六月九日。六ツ半（午後七時）。

千の借店の戸を開け放ち、久兵衛がするりと入ってきた。背後の者に軽く会釈すると、土間の隅に身を寄せている。背後の影が膨らみ、行灯の仄明かりの中に、武家の姿が浮かび上がった。火附盗賊改方与力の笹岡只介であった。

笹岡は、居住まいを正している左右吉らを手で制すと、話は久兵衛より聞いた、と言った。

「其の方の身柄は火盗改方で預かる。急ぎ支度せい」

支度という程のものは何もなかった。このまま草履に足指を通せばいいだけのことである。だが、右から左に、はい、そうですか、と従うにはためらいがあった。

「いえ、それじゃあ旦那にご迷惑が……」お手配が回っている身の上である。匿ったと分かれば、火盗改方にも何らかの咎めがあるかもしれない。気懸かりは、その一点だった。

「其の方、弥太郎なる者を殺したのか」

「滅相もございません」

「ならば、迷惑の掛けようがあるまい。町方から文句が出ても、火盗改方が取り調べている最中である、と言えば、あちらも迂闊に手出しは出来ぬ。その分、其の方は時を稼げるであろう。それにな、其の方の他に二人、怪しいのが浮かんでいるのだ」

久兵衛が後を引き取って言った。

「弥太郎が殺された夜、野郎の家から慌てて飛び出していったらしい二人連れが、夜鳴蕎麦屋に見られてるんだ。てめえより年を食った連中だったらしい」

「まずはそっちの仕業と思えるのだが、其の方の疑いがすっかり晴れた訳ではない。奉行所の方は、ともかく其の方の身柄がほしいらしい。香炉の一件もある故、執拗に追ってくるだろう。ここは遠慮せずに参れ」

「笹岡様の仰しゃる通りだぜ」久兵衛が頷いて見せた。富五郎親分のほうは、どうなっているんでしょう？」久兵衛に聞いた。

「手札の件はまだだが、山田様たちが動いてくださっているから心配するな。富五郎はのらくらやってきたから、大した手柄もねえが、かといって悪事に手を染めたことは、ただの一度もねえ。その辺のことは、御奉行所でも分かっていてくださるだろうよ」

「もう一つ。日根の旦那は？」

「引き続いて、俺が預かる。あの御仁は酒の相手にぴったりなんだよ」久兵衛が言った。

「分かりました」

左右吉はくるりと向きを変えると、千と万に頭を下げた。「短え間だったが、助かったぜ」

「水くさいこと、言うんじゃないよ」千が言った。

「上手くことが運んだら、倍返しで奢っとくれよ。いいかい？」万が口を挟んだ。

「母子だな」

「何だい？」万が聞いた。

「任せてくれってことだ」

「では、参るぞ」笹岡が言い、久兵衛が外に声を掛けた。

「大丈夫で」善六の声が答えた。

「直ぐに戸締まりをするんだぜ」

左右吉らは足音を忍ばせて、千の借店を出た。

木戸口で伝八と火盗改方の同心が通りを見回している。同心は寺坂丑之助であった。寺坂が中間に提灯の火を灯すように命じた。中間が火盗改と墨書きした提灯に火を入れている。これで、町方も遠慮して近寄らない。

どこかの借店で蚊遣りに杉の葉を焚いているらしい。あるかなしかの風に乗り、微かに香が漂ってきた。

橋本町から神田堀沿いに西に行き、鎌倉河岸を過ぎ、神田橋御門を左手に見て錦小路に折れた。火附盗賊改方の役宅は、小路の中程である。長官・安田伊勢守正弘の屋敷が、そのまま火盗改方の役宅になっていた。

左右吉と久兵衛らは、与力詰所に通された。座敷には、笹岡の他に同心の寺坂と田宮藤平が同席した。寺坂も田宮も、前に組んで捕物をしたことがあった。

「久兵衛から聞き、まずは香炉の一件の仔細を調べておいた。寺坂」

《阿や乃》に赴いたのは、寺坂だったらしい。寺坂が笹岡に一礼して話し始めた。

「左右吉が《阿や乃》を出ると間もなく、三ノ輪の亥助がやって来て、『左右吉が忍び込んでいたらしいが、何か盗まれたものはないか』と店の主に言い立てた。それで座敷を調べてみると、香炉がなくなっていた。『御用に携わる者だ。放っちゃおけねえ』と亥助に強く言われ、言われるままに届を出したとか。主は、『左右吉はひどく手癖の悪い男』で、『これまでも盗みを繰り返している』という亥助の話を信じ切っている様子でございました」

「これは」と笹岡が言った。「定廻りの山田殿から聞いたのだが、桜井殿は一旦は組屋敷に戻られたが、牢屋敷に関する調べものを思い出したとかで、夜分にもかかわらず、奉行所に戻られたらしい。恐らく、七郎兵衛からの知らせを受けてのことだったのだろう。奉行所に着いた頃、丁度計ったように《阿や乃》の主と亥助が来た。訴えを当番方の脇で聞いていた桜井殿が、昨今の御用聞きの風紀の乱れは目に余る、と年番方に談じ込み、出役となったそうだ」

「何としても、おめえを小伝馬町に送り込みたかったのだな」久兵衛が言った。

「そこまでやるとは、信じられませぬ」田宮藤平が言った。

「元締と密談を交わしているところを見られているんだ。尻に火が点いたのではないか。それに、妾のこと、その朋輩であった《多嶋屋》のお内儀のことも、調べられたら拙いことでもあるのだろう」

「豊松は関わっているのでしょうか」笹岡に聞いた。

「恐らく、すべての発端は豊松であろうな」

「でしたら、あっしに深川を調べさせておくんなさい」

「なぜ深川なのだ？」

「《多嶋屋》のお内儀がいたのが、深川。その深川で一緒に苦労していたのが桜井様の妾に収まっている。豊松も、深川に嵌まっておりやした。ことの起こりが豊松であったのならば、すべては深川にその因があるはずです。そこんところを、探ってみたいのです。それに……」

「何だ、申せ」

「生きているものなら、豊松は深川にいるような気がしてるんでございやす。まずは、無事かどうかを確かめてえと」

「市中は町方だらけだぞ。見付からぬという保証はないぞ」

「なあに、裏道も抜け道も心得ておりやす。深川に入ってしまえば、町方だってそうは容易く近付けやせん。深川の闇は深うございますからね」

「どうやって深川まで行く？」

「舟はいかがでございましょう？」久兵衛が言った。「神田川から大川に出、本所深川を横目に見ながら下り、越中島か半町辺りで下りれば、こりゃあもう、町方の気付くところじゃござんせん」

半町とは、相川町の飛び地で、僅か三十間（約五十五メートル）程の町のため相川半町、略して半町と呼ばれている。

「舟か。それだな」

「へい」左右吉が声を弾ませた。

「ただし、其の方を一人で行かせる訳にはゆかぬ。何があるか分からぬからな。誰ぞを付けてやる」

「ありがてえんでございますが、町方とか火盗改方は目の敵にされてますんで、あっし一人のほうが」

「前谷鉄三郎なら、大丈夫だ」

若いが、切れ者と噂される火盗改方の同心である。青々と剃り上げられた月代が思い出された。だが、切れ者だからと、それが通用する土地ではない。

「何と申しますか、あそこはどぶの底のようなところでございやす。身形とかも相当汚くしねえと……」

「だから前谷、と言うたのだ。今、お調べのために、月代は半月剃っておらず、風呂も五日程入っておらぬので、汗くさいぞ。側に寄るのは藪蚊くらいなものだ。どうだ？」

「それでしたら」

「であろう。儂の言うことに間違いはないのだ。まず、信じろ」

「恐れ入りやした」

既に宵五ツ（午後八時）を回っていた。深川へ出向くのは、明朝ということになった。

「寝床だが、拷問部屋の控え所でよいか」

拷問部屋とは壁一つ隔てた隣である。小上がりになっており、寝るだけならば、不足はなかった。

「宿直の同心と一緒では、気詰まりだろうからな」

笹岡が左右吉の寝場所を口にしたのを潮に、久兵衛らが引き上げた。日根は、一人で何をしているのか、と左右吉はふと思った。

二

六月十日。五ツ半（午前九時）。

神田川から大川に出たところで猪牙舟が揺れた。それも束の間のことで、舟は川の流れに乗ると、滑るように下り始めた。

物売りの声が、蟬の声が、川面を渡る風に乗り、舟べりまで届いている。

「羨ましいぜ」と左右吉は船頭の太兵衛に言った。「こいつは極楽じゃねえか」

太兵衛は火盗改方お抱えの船頭で、普段は屋敷の中間部屋で暮らしている。寄る年波で、髪の半ばは白いが、肌は潮風に灼かれて黒い。

太兵衛は鼻で笑うと、「吹きっ晒しの冬は、地獄よ」と切り返した。「良いことばかりで出来ていねえところが、この世の憎いところじゃねえかね」

「そうだな……」

「左右吉」と前谷がはだけた胸を掻きながら言った。「其の方、深川に詳しいそうだな？」

「へい。十九の頃ですから、八年前になりやすか、深川で暮らしておりやしたので」

「深川は、好きか」

「どうでしょう。悪所はどこも同じにおいがいたしましてね。悲しみやら、憎しみやらを、泥水ん中でこねくり返したような、とでも申しましょうか……」

「好きか」

「好きな、ほうでした」

「どうしてだ？」

「これ以上堕ちようがない者だらけの町でしたので、てめえも我が身一つを抱えていれば、日を送れやした。その身軽さが、何と言うか、性に合っていたんですかね」

「悲しみと、憎しみ、か……」

前谷は、伸びた月代を川風にそよがせながら深川の町並みを見た。その目には、濁りがなかった。悪所で生きる浪人の目ではない。微かな不安が、左右吉の胸をよぎった。

「笹岡様から聞いた。深川では顔が利くそうだな?」

「あちこちと言う訳ではございやせん」言ってから、前谷がどれ程深川を知っているのか、聞いた。「旦那は、お詳しいんでやすか」

「いや。川向こうのことは不案内なのだ」

「深川は、そっくり岡場所と言える程岡場所だらけのところです。大きいところは、《裾継》《櫓下》《仲町》《東仲町》《向土橋》《古石場》《新石場》《大新地》などですが、それ以外の悪所もたんとございます」

「そんなにか」

「へい。そして、それぞれの悪所にはそれぞれの元締がいて、その上に総元締ってのがおりやす。足抜きをしたのがばれたら、殺されて埋められるか、水に沈められやす。あっしの顔が利くのは、そのうちの三つで、《櫓下》と《東仲町》、俗に《土橋》と呼ばれているところと《網打場》です。この三ヶ所を当たったって豊松の行方が分かればめっけもんで、その他の所はあっしの手の内とは言えやせん」

「そうか」

「それから、出過ぎたことを申し上げるようですが、退き時はあっしに決めさせていただきたいんでやすが」

「…………」前谷は睨むようにして左右吉を見ていたが、間もなく頷いた。「承知した」

「ありがとうございやす。太兵衛のとっつぁん」と船頭に言った。「頼むぜ。半町の名無し橋だ。間違えねえでくれよ」

「誰に物を言ってるんでえ。俺は大川育ちだぜ」

「違えねえ。許してくんねえ」

「分かりゃいいってことよ」

艪が撓り、船足が速くなった。永代橋の橋桁の裏が、空に黒く墨を引いたように見えた。御舟蔵と、相川町と熊井町の家々が後ろに流れてゆく。舟が大きく左に回り、松平下総守の下屋敷の白壁と町屋に挟まれた水路に入った。少し進み、また左に折れたところにあるのが名無し橋だった。長さ四間（約七・三メートル）、幅九尺（約二・七メートル）の橋である。

舟を下り、橋を渡り、中島町に出た。舟は、二刻（約四時間）後に橋の下まで迎えに来てくれることになっている。

「旦那、あっしらは一の鳥居のある馬場通りに向かっているところですが、後ろのほう、橋向こうをちらと見てやっておくんなさい。《大新地》という岡場所でございやす」

切石に腰掛けているのが見えた。《大新地》に渡る中島橋のたもとには、見張りの者なのだろう、四人の若い衆が
「今の時分は煤けて見えやすが、火灯し頃になると、そりゃあ華やかなもんですぜ」

左右吉は、自然と浮き立ってくる己に目を見張った。やはり、俺はここが好きなのかもしれねえな。

「ここらは顔が利きやせん。きょろきょろしていると絡まれやす。参りましょう」

ことさら興のない声を出した。

中島町を横切り、幅七間（約十二・七メートル）の大島川沿いに馬場通りに出た。東に顔を向けると八幡橋の向こうに一の鳥居が見えた。

「さあ、行きやすぜ」

馬場通りを東に行き、鳥居の手前を北に折れ、西念寺横町に入った。

「この辺りが《裾継》で、あっしらが行くのは、この裏にある《網打場》。漁師が網を打っていたところから、そう呼ばれていやす」

「味気ない名だな」

「女も同様でして、ちょいと年を食ったのばかりです」

「成程」

　久中橋を渡り、黒江町を抜け、松村町に入る。この松村町と裏の一色町の一角が《網打場》である。女のいる長屋が並んでいた。左右吉が、長屋を確かめるように歩いていると、

「兄さん、あたしをお探しかい？」

　家の中の暗がりから声がした。

「八年前になるんですが、こちらにお駒さんって方がいらしたはずなんですが」

「お前さん、誰なんだい？」

「あっしは、昔の顔馴染みで、左右吉と申します」

「左右……吉。聞いたこと、ないねえ」

　女が暗がりから出て来た。年は四十の手前くらいなのだろうが、十は老けて見える。着崩れた襟許から、艶のない肌が覗いていた。

「お駒さんは、こちらには？」

「二年前に死んだよ」

「そうでしたか……」

「風邪をこじらせちまってね。熱出して、朝には、ね」そこで女は首を横に振ると、「それでここが空いたんで、隣から移ってきたのさ。こっちのほうが客の食い付きがいいんだよ。客だったのかい？」

「そんなようなもので」

女は左右吉に、あたしはどうだい、と言って背伸びして前谷を見、そっちのご浪人さんにも誰か付けるからさ。黄色く長い歯を剝き出しにした。

「ありがてえけど、他にも探すのがいるから、またってことで」

「何だい。聞いただけかい。面白くないね」

これは、と左右吉は袖から一朱金を取り出し、女に握らせた。

「お駒さんの話を聞かせて貰った礼ですよ」

「いいのかい。悪いねえ」女の相好がにわかに崩れた。ここらの遊びの相場は一切百文。一朱は二百五十文。二人分の上がりにお釣りが来る。

「姐さん、名は？」

「染吉（そめきち）」

「粋（いき）な名じゃねえか。身体（からだ）を大事にな」

「あいよ。暇な時においで。うんと可愛（かわい）がったげるよ」

女に手を振り、数歩離れたところで、後ろから声を掛けられた。

「あんた、お駒さんの知り人なら、これを持ってっとくれよ」

女が、戸口から手をひらひらと突き出している。手の先に、黒っぽいものが見えた。戻って受け取ると、小石であった。

覚えがあった。お駒がいつも握り締めていた小石だった。

「そうなんだよ。死んだ時、早桶に入れるのを忘れちまったらしくてね。部屋の隅に転がってたのさ。捨てるに捨てられず、二年もここに留まったって訳さ」

「あっしが貰う訳には……」

「なら、捨てるよ」

「では、預からせていただきやす」

「助かったよ」

「お駒さんの墓は」

「知るかい。あたしらの行く先は、あんた、知ってるだろ」

引取り手のいない遊女の死骸は、投込寺に捨てられた。投込寺として知られているのは、浅草聖天町の西方寺や三ノ輪の浄閑寺などだが、寺の門前や裏に掘られた穴に死骸を投げ捨てるだけで、戒名もなければ、墓石もなかった。

「…………」

小石を握ったまま、松村町から一色町へと路地を抜けた。

「客であったのか」前谷が聞いた。

「喧嘩して、追い掛け回されたことがありやしてね。匿って貰ったのが始まりです。十六の時でした。それからは、豊松と一緒に、ちょくちょく酒を持って訪ねたりしてやした。豊松はその後間もなくして、堅気になる、とこの辺りから離れていったんでやすが、あっしは三年後、一時でしたが、《土橋》で暮らしていたもので、時折顔を出しておりやした」

「豊松もよく知っておったのだな」

「深川には来ていたらしいので、きっと寄ったんじゃあねえか、と思ったんですが」

「小石は何だと思う？」

「お守りでしょうか」

「多分在所の畑か、家の前にでも落ちていたのを持って来たものであろうな。帰りたかったのであろう」

「…………」

掌を広げた。汗で石が黒く濡れていた。手拭を開き、石を置き、懐に収めた。前谷は左右吉の手の動きを黙って見ていたが、やがて、行くぞ、と言って歩き始めた。左右吉は少し足を急がせて横に並んだ。目の前の堀で魚が跳ね、水音が立った。

「どこに行くのだ?」

「もう一人古い馴染みがおりやして、そいつも豊松のことを知ってやすし、深川の裏にも通じているんです」

「左様か」

「旦那、お堅いでやすよ。ここらにいるご浪人なら、そうか、くらいじゃねえと」

「分かった」

「この先でやす」

顔を向けた千鳥橋のほうから荷舟が堀を下ってきた。荷は、油を詰めた樽である。佐賀町に油商の会所があるので、堀は油堀と呼ばれていた。

長屋と長屋の境に、幅一間（約一・八メートル）に満たない路地がある。路地に切れ込み、長屋の裏手に出ると、木箱に座って、小魚の腸を掻き出している老爺がいた。開いた小魚が台の上にきれいに並べられている。

「もし、惣太郎のとっつぁん」

左右吉の声に老爺が振り向いた。じくじくと濡れた瞼を押し上げるようにして左右吉を見ると、てめえか、と言った。

「まだ生きてたのかよ」

口とは裏腹に、濡れた目許が笑みで崩れた。

「あっしと連んでいた豊松、覚えておいでですか」

「ああ」

「あいつの姿が見えなくなりやしてね。それで探しているんですが、ここらで見掛けた、なんてことは？」

「ねえな。何かしくじったのか」

「そんな話は伝わっちゃおりやせんが」

「するてえと、女か」

「そうじゃねえか、と」

「俺は七年前に腰を痛めちまってよ。それからは、昔のようには歩き回れねえんだ。ここらをうろちょろしているのは、日影町の小吉だ」

先程渡った久中橋から黒江橋の間にある南側の河岸を、土地の者は俗に日影町と呼んだ。その日影町の中程に小吉は住んでいた。川漁師の倅である。

「小吉は知ってるな？」

「へい」

「奴に聞いてみな。大概のことは知ってるはずだ」

「ありがとうございやした。今度は酒を持って来ますんで」

「待ってるぜ」

惣太郎が、黒い身体に白い口髭を生やしたような猫に、ぽいと小魚を放った。猫は地面に落ちたそれを銜えると、両の前脚の間に挟み、頭を斜めにして食べ始めた。

「年は取るもんじゃねえ。今の俺の相手は、こいつだけよ」

惣太郎が咽喉に絡むような笑い声を上げた。

日影町に回った。暗い戸口に立ち、案内を乞うと、奥の戸が開き、日が射し込んだ。黒い人影が、小吉だった。

「俺だ。昔、《土橋》にいた左右吉だ」

名乗り終えた時には、目の前に駆け寄ってきていた。人懐(ひとなつ)こいところは変わっていない。豊松のことを聞いた。

「古着屋になってるぜ。おめえだって知ってるだろう？」

五年程前に、おめえのいた《土橋》の近くでばったり出会(でくわ)したのが最後で、それからこっち、豊松とは会ったことがない、という話だった。

「そんなことより」と小吉が声を潜(ひそ)めた。「噂によると、近いうちに大きな警動(けいどう)があるらしいんだが、聞いてないか」

警動は、町奉行所による一斉の取り締まりを言った。知らなかった。女たちは警動で捕えられると吉原送りとなり、奴女郎(やっこじょろう)として三年から五年の間無償で働かされることになる。

「吉原が深川を潰(つぶ)そうとしているんだ。うろうろしていると、どんなとばっちりを食らうか分からないぜ。気を付けろよ」

このところ警動は行なわれていない。そろそろあってもいい頃だった。小吉に礼を言って別れた。次の行き先は、小吉が豊松を見たという《土橋》だ。

「こちらです」

前谷は頷いただけで、どこへ、とも聞かずに付いてくる。小吉の話で、《土橋》と分かっているのだろう。

左右吉は油堀から十五間川と名を変えた堀沿いに、馬場通りへと足を向けた。半歩後ろを前谷が来る。

永代寺門前山本町へと渡る猪ノ口橋を左に見ながら入堀を進み、こちらが、と目で山本町を指した。

「《櫓下》です」正面に見える門前仲町の火の見櫓を見上げ、「あの下という訳です。

馬場通りのほうが《表櫓》、十五間川のほうが《裏櫓》。入堀を挟んだこちら側が《仲町》。縄張りは入り組んでおりまして、下手に動くと、半殺しの目に遭います」

「厄介だな」

「なあに、何日かここで暮らせば、直ぐに覚えられやす」

馬場通りに出、《櫓下》を北に見て、東に向かった。左右吉と前谷は八幡宮への参詣客の間を擦り抜け、門前仲町を過ぎ、深川八幡宮の表門にある二の鳥居の前を通り、門前東仲町に入った。

「ここが東仲町、通称《土橋》です」

東仲町への入り際に茶屋があった。茶屋とは名ばかりで、縄張りの見張り所である。癖のありそうな若い衆が奥で茶を飲みながら、通りに目を遣っている。

左右吉は、前谷を表に待たせ、ついと入り、

「彦次兄さんは、おいででしょうか」若い衆の一人に聞いた。

「お前さんは？」

「八年程前、兄さんに面倒を見ていただいていた左右吉と申しやす」

「ちょいとお待ちを」

「ご造作を掛けやす」

男が茶屋の裏から走り出て行った。行く先は分かっている。元締が営む料理茶屋《丸亀》である。彦次は、その帳場裏の部屋にいるはずだった。しかし、《丸亀》に直に行ったのでは、見張り所をないがしろにしたことになってしまう。土地を離れた者として、手順を踏んで見せたのである。

程なくして、走り来る足音がし、奥の葦簀が乱暴に引き開けられた。彦次だった。

「何でえ、何でえ」と彦次が言った。「大山か。左右吉なんて洒落た名じゃ分からねえぜ。大山参りの左右吉と言え」

大山の田舎を飛び出して来たからと、大山とか大山参りとか呼ばれていた。

「今日はどうしたい？」彦次は前谷を見て、左右吉の返答を待たずに、「連れか」と聞いた。

「今、二人でちょいと……」

言葉尻は濁した。濁せば、嘘を吐いたことにはならない。彦次は前谷を無遠慮に眺め回し、訳知り顔に頷き、再び訪ねて来た訳を問うた。

豊松が姿をくらましていることを話し、見掛けなかったか、尋ねた。

「去年だったか、何度か見たぜ」返事は素早かった。

「今年になってからは？」

「そうよなあ」首を横に振った。

「好いた女がいるらしいんですが、どこの誰だかご存じありやせんか」

「それなら、多分《琴屋》にいる子供だろう。あそこらをうろついているのを見たぜ」

《琴屋》は娼妓の置屋で、二十人程の子供を抱えていた。

「名は?」

「そこまでは、知らねえな。足抜きさえしなければ、客だからな」

「《琴屋》で、豊松のことを尋ねてもよろしいでしょうか」

「俺の一存って訳にはゆかねえな」

「では、元締にお許しを貰えれば」

「それならば、な」

「お手を煩わせて申し訳ありやせんが、元締のところまで」

「案内しろってか」

昔、出入りしたことがあるからと、一度土地を出た者が、誰をも介さずに訪ねる訳にはゆかなかった。筋は通さなければならない。

「兄さんを使い立てしようなんて気は毛頭ございやせん。お気に障ったら許してやっておくんなさい」

「いいってことよ。付いてきな」

彦次は、懐に両の腕を収めると、左右吉と前谷の前に立ち、にわかに肩を聳やかした。擦れ違う者たちが慌てて端に寄り、道を譲った。

三

料理茶屋《丸亀》の店先で暫く待たされた後、若い衆に導かれ、奥へと渡った。前谷の腰の両刀は預けさせられている。途中、坪庭を囲む廊下に彦次がいた。彦次は左右吉に擦り寄ると、

「知っての通り、元締は怖いお人だ」と囁くように言った。「正直にお話ししろ。間違っても嘘だけは吐くなよ」

そう言われて、誤魔化しの利かない男だという評判を思い出した。それを聞いたのは、左右吉がまだ十九の使い走りの頃だった。元締と言葉を交わしたことなどない。下げた頭を起こした時に、顔を見ただけであった。

頷いて彦次と離れ、前谷とともに奥の座敷に入った。

既に《土橋》の元締・朝右衛門は座しており、左右吉と前谷を射るような目で見ていた。

「お忙しいところを、突然伺いまして……」

左右吉は己が八年前に深川にいたことと、豊松とのことを話した。

「聞いた。豊松ってのは知らねえが、お前には見覚えがある」

「左様で」

「お前は、年食った薄汚え子供にも分け隔てなく声を掛けていた。三年保てば使える男になると思っていたのに、一年でいなくなっちまった」

「申し訳ありやせん」

「そんなこたぁどうでもいい。ここに残るのは、鬼か屑、と相場は決まっているんだ。鬼になれねえ者は出るしかねえのよ」

「………」

「見れば、堅気とも思えねえ。今、何をしている？」

「へい……」迷った。どこまで、話したらよいのか。御用聞きの手下だと言ったら、通るのか。日影町の小吉は警動を口にしていた。そんな時に、町方の手先だと知れたら、この家から無事には出られないかもしれない。

「ご浪人さんは随分と腕が立ちそうだが、そのようなお方を用心棒に雇える身分には見えないが」

賭けだった。賭けるなら、誤魔化さずに、本当のことを言うしかない。

「実は」御用聞きの手下をしていると答えた。「伊勢町堀の久兵衛の許から独り立ちいたしやした向柳原の富五郎の許で修業しております」

「やはりな」

朝右衛門は、ゆるりと煙管に煙草の葉を詰めると、火入れに翳して、深く吸い込んだ。葉の焼けるじりじりとした音が立った後、朝右衛門の口から濃い煙が覗き、引かれたように咽喉奥に消えた。

「隠せねえもんだな。においから直ぐに分かる」朝右衛門は鼻先で笑うと、旦那は何者なんです、と聞いた。「八丁堀の旦那とも違うようですが」

「火盗改方だ」前谷が、面白くもなさそうに言った。

「こりゃ驚いた。何で火盗改が？」

「用心棒だ」

「ご冗談で？」

「いや、本当だ」

「まさか、手前どもが、こんな駆け出しを袋叩きにするとでもお思いで？」

「思わぬが、ここは何が起きてもおかしくはない、と言うからな」

朝右衛門は声には出さずに笑うと、煙管の雁首を灰吹きに叩き付け、

「《琴屋》に行きたいと聞いたが、あそこは置屋だ。てめえや旦那の入れるとこ

ろじゃねえ」

「豊松の相方に会って、話が出来ればいいんです。あっしは姿を消した豊松の行方を知りたいだけなんです。何とかお力添えをお願いいたします」

「火盗改方というのは、貸し借りを重んずるところでな」前谷が言った。「元締殿、どうであろう、貸しを作ってみては」

「こいつのために、火盗改の旦那がそこまで仰しゃるのですかい」

「この者は、まだ手下なのに、雨乞の左右吉だとか、雨乞の親分とか、二つ名付きで呼ばれることがある。雨乞は大山の出だからでもあるのだが、この男には人の心を優しく湿らせる何かがある。そうだと知っているからこそ、火盗改方はこの男に肩入れしているのだ。どうだ、元締も一枚嚙(か)んでみては。損はさせぬぞ」

「そうとなりゃあ、くどくは聞かねえ。旦那、お名前は？」

「前谷鉄三郎だ」

「覚えておきます」

朝右衛門が手を叩いた。襖(ふすま)が開き、若い衆の顔が覗いた。

「菊造(きくぞう)。話は聞いていたな？」

「へい」

「こちらのお二人を《琴屋》にご案内するんだ。そしてな、あの業突張りの婆さんから、豊松の女ってのが《琴屋》にいるのか、いるなら誰だか聞き出し、その女に知っていることは何でも話させるように、と俺が言っていたと伝えるんだ」

「承知いたしやした」

菊造が、口には出さず、仕種でこちらへ、と示してみせた。

左右吉は、朝右衛門と前谷に頭を下げてから、立ち上がった。

《琴屋》の女将が、菊造の話を聞きながら、左右吉と前谷をちらちらと目の隅で見ている。二人の口から、豊松とか淡路とか、時折聞こえてくる。淡路というのが、女の名なのだろうか。

「長くは嫌ですよ」

「元締に、そう言ってもいいんですかい」

女将が、首に巻いていた細い布を解いた。百足が張り付いたような二寸（約六センチメートル）程もある傷痕が覗いた。女将は菊造に傷痕を見せ付けると、

「あたしを脅すなんてのは、十年早いんだよ。分かったら、客が来る前にさっさと済ませておくれ」

不快げに寄せた眉(まゆ)のままで言った。無理もなかった。町方の者が岡場所の置屋に来て、女に話を聞きたい、と言ってきたのである。

「快く受けてくださいやした」

菊造は、左右吉らが女将との遣り取りを聞いていたのを知りながら、ぬけぬけと言った。

「お探しの女は、淡路だと思います」

後は頼むぜ。菊造は女将に言い置いて、《丸亀》に戻って行った。

「そんなとこにいられたら迷惑だよ。お上がりな」

女将は左右吉と前谷に言うと、足許にあった雑巾(ぞうきん)を蹴飛(けと)ばし、「誰だい、こんなところに置き忘れたのは？」怒鳴(どな)り散らし、二階への階段に足を掛けた。

「こっちだよ」

勢いを付けて階段を上ってゆく女将を、髪に手を当てた女が階段の上から見下ろしている。

「お母さん、あのなぁ」身八口(みやつくち)から肌が見えている。

「後におし。淡路は？」

「いるよ」

「いなきゃ困るんだよ。何してるかって聞いてるんだよ」

「知らない」

「そうかい。行きな」

「あい」女は、階段口から消えたと思ったら、また現われ、「お母さん、あのなあ」と今度は左右吉らにちらと目を遣ってから言った。

「ああ、うるさいね。後だよ」

「あい」

「むしゃくしゃするね。あんなのばっかりだよ」

二階に上がると、中廊下を挟んで両側に小部屋の戸が並んでいた。正面に丸窓があり、そこから射し込む光が廊下を照らしている。火照（ほて）った足裏に冷たい廊下が気持ちよかった。

淡路の部屋は、奥から二番目にあった。

「入るよ」言った時には、女将の手は戸を開けていた。

「はい……」襦袢（じゅばん）姿の女が、振り返るようにして女将を見上げ、左右吉と前谷に目を留めた。

「あんたに聞きたいことがあるんだってさ」

女将は、手早くしとくれよ、と左右吉らに言うと、階段の上がり端で待ってい
た女に、「何だい、もう。さっさとお言いな」女の背を押すようにして、階段を
下りていった。
「ご免よ」
左右吉は淡路に言うと、前谷と部屋に入った。三畳程の広さに小さな格子窓が
一つあるきりの、薄暗い部屋だった。女のにおいが厚ぼったく籠もっている。気
付いた淡路が、手を伸ばして格子窓を開けた。熱気が風を含んで、窓から戸口へ
と抜けた。戸口の隅に蓋の付いた木箱が置いてあり、貝殻で出来た人形が飾って
あった。部屋を彩るものは、それしかなかった。
左右吉は淡路に、豊松を探していることを告げた。
「どこにいるか知っていたら、教えちゃくれねえか。俺は御用聞きの手下をして
いる左右吉って者だが、豊松をどうこうしようって訳で探してるんじゃねえ」
「左右吉さん、ですか」淡路の瞳が小さく揺れた。
「俺のこと、知っているのかい？」
「豊松さんから、聞いています。『あんないい奴はいねえ』って」
「そんなこと、言ってたのかい？」

「豊松さん、何かしたんですか」

「いいや。何もしちゃいねえ。姿が見えなくなったんで、探してるだけなんだ。信じてくれ」

「実を言うと、ずっと見えないので、あたしも心配していたんです」

「いつ頃から姿を見せなくなった？」

「正月に来て、それからぷつりと……」

《多嶋屋》の内儀と、不忍池の中島で立ち話をしているところを見られたのが、年の初め。七軒町の花蝶が池之端仲町の辺りで見掛けたのが、七草の前。やはり、その後で消息が絶えているのだ。

「豊松は金を作ろうとしていたらしいんだが、心当たりは？」

「あたしを、ここから出してくれると言ってたんです……」

娼妓を身請けするには、大金が要る。年季の残りの額を払うだけではなく、身請けを披露する引祝いの払いも娼家に求められるからである。苦界から抜けるためには、大名旗本家か、金のあるお店の主に引かれるしかなかった。

「そうだったのかい」

「口説き文句で言ってくれるお客もいるんですけどね、喜んだ振りをして聞いておきます。どうせ、本気じゃないんです。でも、豊松さんは違いました。本気で言ってくれました。そういうのって分かりますから。でも、結局は来なくなっちまいましたよ」淡路が、鼻の脇に皺を刻むようにして笑った。

「客として知り合ったのかい？」

「五年くらい前、古着屋のお仲間と店に上がって。呼ばれた二人があたしで、その時、郷里が同じだって分かったんです」

豊松は信濃の出だった。淡路もそうだったのだろう。

「豊松さんの生まれた村は、あたしのところから峠を二つ越えた先の村でしてね。峠には、六地蔵とか一本松とかあって」どっちも貧しい村でした。淡路は、目の下に指の腹を当て、その二人が、と言った。「どういう因果か、深川で出会ったんです……」

「金が手に入るようなことを言ってなかったかい？」

「豊松さん、誰かに貸しがあるんだって、言ってました」

「それが誰だか、言ってなかったか」

「そこまでは……」

「貸す金があったとも思えねえが」

「……詳しくは話してくれませんでした。でも、寝物語に、その人が誰かを殺すのを見たんだとか……」

「殺し？」左右吉と前谷が目を見交わした。

「……はい」

「貸しがある相手ってのは、男か、女か、分かるかい？」

「『今じゃ、いいところに収まってな、少しくらいなら融通してくれるんだよ』って言ってました。だから……」

「女、かもな」

「………」

「大店と言ってなかったか」

淡路は膝でにじるようにして、左右吉の目を覗き込んだ。

「あたし、言ったんです。危ないのは止めて、その人を不幸にするのも止めてって」

「そしたら？」

「俺が、そんなことするかよ、と言って笑ってました」

「……そうか」

「豊松さん、生きているんですか」

「あいつが死ぬはずねえだろうが」

「だといいんですが。もし、あたしの身請けのお金を作ろうとして、何かあったのなら、あたし……」

「大丈夫だ。そうならねえように、探しているんじゃねえか。あんまり変なことを考えず、吉報を待っててくれよ」

淡路は、暫く左右吉を見つめていたが、やがて目を逸らすと、呟くように言った。

「左右吉さん、狐森って知ってます？」

「いいや」前谷を見た。前谷も首を横に振った。

「島浮きとか、逃げ水っていうの、あるでしょう？　あれと同じ。本当は、そこにないのに、見えることを言うんですって」

「………」

「あたし、幸せって、狐森のようなもんだと思ってるんですよ。だから、何が起きても、平気」

廊下を通る女の足音が多くなった。呼び出しが掛かり始めたのだろう。これ以上いても、淡路に迷惑を掛けるだけだ。何か分かったら、知らせに来ると約し、《琴屋》を出た。少し離れたところで振り返ると、店先に現われた女の手から白いものが撒かれるところだった。塩だった。

左右吉は、もう一度元締の朝右衛門に会いに、料理茶屋《丸亀》を訪れることにした。前谷は、黙って頷いた。


「まだ、何かあるのか」朝右衛門が煙管を燻らせながら言った。

「今から十一、二年前になりやす。多分《櫓下》で、殺しがあったようなんでございやす。何かお心当たりはございませんでしょうか」

「おめえ、藤四郎じゃねえんだ。無駄なことを聞いてるって、分からねえか。縄張りが一つ違えば、他国と同じ。何が起ころうと分かりゃしねえってのが、この町よ。おまけに、そこらの堀や川を浚えば、髑髏がごろごろ出て来るってぇくらい、殺しの多いところなんだぜ」

「十分承知しておりやす」

「それでも聞きてぇってんなら、まず訳を話してみな」

詳しいことは、まだ何一つ分からないのだが、その殺しを豊松が見ていたらしいこと。豊松が深川に足繁く来ていたのは、十一、二年前。殺しを見たとしたら、その頃だと思われること。また、十一年前まで《櫓下》にいて、今は大店の内儀に収まっている女と立ち話をしているのを、今年の正月に見られていることなどを、順を追って話した。

「てめえ、端からその女のことを調べに来たんじゃねえだろうな?」

「いいえ。まさか豊松が殺しを見ていたなど、思いも寄りませんでした。つい先程知ったばかりでやす」

「本当か」

「嘘は申しやせん」

「豊松は、てめえにこれまで一度も話さなかったのか」

「へい」

「《櫓下》にいた女で、大店に収まっているのは限られている。他所の縄張りだが、俺にも見当は付く。だが、あの女が殺したとは思えねえ。分かるのは、殺したとすれば、余程のことがあったのだろう、ということくらいだ」

「もしかしたら、お小夜って名じゃござんせんか」

「それは何とも言えねえが、お小夜ってのは、いたな」

「お小夜とお吉という女が会っているのを見ました」

「どこで？」

「根岸の近くです。お吉はお小夜のお店の寮におりやした」

「もしそいつが殺ったとしたら、どうするつもりなんだ？」

「過ぎたことをほじくり返してもつまりません。あっしは、豊松が無事ならば、それでいいんです」

「二言はねえな？」

「ございやせん」

「火盗改の旦那も、よろしいですか」前谷に聞いた。

「これは、火盗改方の仕事ではないからな」

「もし、豊松が無事ではなかったら？」左右吉に聞いた。

「無闇に引っ括るような真似はいたしやせんが、動かぬ証が出れば、その時は容赦はいたしません」

「分かった。まずは、その女が殺しをしたかどうか、だな」

「十一、二年前というと、まだ覚えておいでの方もいると思いやすが」

「死ぬの、殺されるの、が当たり前の町だからな、一々覚えているか、どうかだな」

「殺されたのは女であろうか、男であろうか」前谷が、左右吉と朝右衛門のどちらとも付かずに聞いた。

「旦那、それは男でございましょうよ」朝右衛門が言った。「この町の女どもは、多かれ少なかれ、男を恨(うら)みながら生きているんです。思い詰めて殺そうとする相手は、男以外にありません。女同士の諍(いさか)いなら、客の取り合いやらの恨みつらみですから、顔に煮え湯をぶっ掛けるくらいで済ませやす。それが深川の女なんですよ」

「その頃、男が殺されたとか、いなくなったという話は？」左右吉が聞いた。

「女を食い物にしている奴どもだ。いなくなっても、誰も気にしねえ」

朝右衛門が、《櫓下》に伝(つて)はあるのか、と聞いた。

「それが、これというのはあんまりねえんで」

「俺も、そちらさんにいた誰それが殺しをしませんでしたか、とは聞けねえしな」暫く唸(うな)っていた朝右衛門が、いたぜ、と言って眉を開いた。「てめえも知っているだろう。始末屋だ」

遊び客の中には、支払いの段になって、金がないとか、足りないとか言い出す者がいる。家に帰ればどうにかなりそうな客には付馬を付けるのだが、逆立ちしても鼻血も出そうにない客は、始末屋に引き渡すことになる。始末屋は二束三文で着ているものを剝ぎ取り、寒空の下であろうと、襦袢一枚で放り出す。気迫と腕力が勝負、という仕事のため、年がゆくと、若い者に取って代わられるのが常で、朝右衛門が教えてくれたのも、かつての始末屋であった。始末屋ならば、縄張りの垣を越え、見聞きしているはずだった。

「名は峰吉。十年前頃までは相当幅を利かせていた男だが、患ってからこっちは、おとなしくなっちまっている」

「今は、どこに？」

「案内させよう」朝右衛門が手を打った。襖が開き、菊造が目だけを上げた。

「聞いていたな？」

「へい」

「言っておくが」と朝右衛門は左右吉に言った。「相当な偏屈だ。峰吉が知らねえと言ったら、それでこの話は諦めてくれ。いいな？」

吞むしかなかった。左右吉は、承知した旨、朝右衛門に伝えた。

四

「こちらへ」

菊造はそれだけ言って先に立つと、東仲町の路地を抜け、三十三間堂をぐるりと回り込み、二十間川のほとりへと二人を誘った。

「あそこで」

菊造が、掘建て小屋を指さした。その向こうには曳き上げられた小舟が六、七艘あり、それぞれに筵が被せられていた。

「話を付けて参りますんで、ちょいとお待ちを」

菊造は小走りになって、小屋の中に消えた。

「捨て扶持か」前谷が呟くように言った。

「そういう訳じゃありやせん。警動への備えでやす」

前谷が訝しげに眉を顰めた。

「警動で捕まった女は、吉原に送られやす。そうなりゃあ、女を使って稼いでる奴らも、おまんまの食い上げです。直ぐにも逃がさなくちゃならねえ。《土橋》

辺りの女は、あそこから舟に乗り、砂村とか葛西へと逃げるんです。と言っても、逃がして貰えるのは、稼ぎのいい主立ったのだけですが、峰吉は、その舟の番人をしているのでしょう」

「他のところでもそうなのか」

「今朝会った日影町の小吉。あいつも漁師の倅ですので、いざ警動となったら、船頭として駆り出される口なんですよ」

「成程。よく出来ておるものだな」

前谷が感心して辺りを見回した時、小屋から菊造が出て来て頷いた。来い、と言っているのだ。二十間川のほとりを小屋へ向かった。

「峰吉とっつぁんには、よく話しておきましたので、ご遠慮なく何でも聞いてください」

それから、と言って、元締からの言付けを口にした。「お帰りの際、礼に立ち寄るなんざ、無用のこととお思いください、ということでしたので、申し添えておきます」

菊造の後ろ姿をほんの一時見送ってから、左右吉と前谷は峰吉に声を掛け、小屋に入った。

暗い。目が慣れるのを待っていると、「そこに立たれたんじゃ、手許が見えねえじゃねえかい」潮風に晒されたような錆びた声が、土間の隅から聞こえてきた。

「済まねえ」左右吉と前谷は右と左に避け、声の主に目を遣った。皺の深い、六十絡みの男が木の台に座り、投網の繕いをしていた。

「峰吉さん、ですかい？」

「ああ……」峰吉は投網から目を上げ、左右吉と前谷を交互に見た。

「ちょいと話を聞かせて貰えやせんか。俺は、以前この町で世話になっていた左右吉と言う者で」

「菊の字から聞いた。そちらの旦那は、火盗改だそうですね？」

「そうだが、今日はこの者の用心棒だ」

「左様で……」峰吉はちらと左右吉を見てから、白湯でも入れましょうか、と言って腰を上げた。

「構わず、続けておくんなさい」

「これかい」投網を僅かに持ち上げ、「こんなものは、暇潰しだ。酒の肴が獲れれば御の字ってぇ代物よ」

峰吉は土間から板の間に上がり、囲炉裏に掛けていた鉄瓶の湯を椀に注いだ。囲炉裏の火は落ちていた。

「湯冷まして、気が利かねえけど」

「頂戴しやす」歩き回り、話しているだけで、茶の一杯も飲んでいなかった。板の間に腰掛け、飲んだ。湯冷ましが咽喉をするすると落ちていった。

「いい飲みっ振りじゃねえか。もう一杯、どうだ？」

「では、遠慮なく」二杯目を一口飲み、聞いた。「十一年か十二年そこら昔のことってす。その頃、女を食い物にしていた男が、《櫓下》辺りで女に殺されたはずなんですが、誰が誰を殺したのか。その辺のことで、耳に入ってることがあれば、教えてやって貰いてぇんですが」

「……覚えてねえな」

「そこを何とか、思い出して貰えやせんか。《土橋》の元締が、とっつぁんならば知っているかもしれねえと、お名指しで教えてくれたんですぜ」

「女を食い物にしていたと言っても、俺を含めてこの町の男はすべて、女を食い物にして生きているんでな。第一、今更そんなことを調べて何になるんだ？」

「《琴屋》に淡路って子供がおりやすね？」

「…………」

「あの女をこの町から出そうとした奴がいる。豊松って奴なんですが、俺の兄弟分でしてね。そいつが切羽詰まって無心したのが、ここを出て、どこぞの大店に収まっている女らしいんですよ」

「それが、男を殺した女だ、とでも言うのか」

「分からねえんです。だから調べているんです」

「おめえさんの言う女が誰で、何という男を殺したのか、だいたいの当たりは付く。女の生き血を啜って喜んでいるような男が、突然いなくなりやがったんだからな。殺られたな、とは思っていた。だが、女の名を言う気はしねえな」

「思い直しちゃくれませんか、とっつぁん」

「無駄だ」

「それじゃ、名を言うから頷いてくれるだけでいい。言いますぜ」お小夜、と左右吉が言った。

「火盗改の旦那」峰吉が、左右吉を無視して言った。

「何だ？」前谷が答えた。

「火盗改の拷問ってのは、手加減なしなんだそうですね？」

「やりたくて、やっているのではない。素直に話してくれれば、誰も拷問などしたくはない」

「申し訳ねえが、俺の口からは言えねえ」

「とっつぁん」

「石を抱かせられようが、背の皮が剝けるまで叩かれようが、そんなのは構わねえ。口が裂けても、って奴だ。分かってくれ。ようやくの思いで出て行った者の、足を引っ張るような真似はこの町に住む者として、出来ねえんだよ。元締が俺を名指しされたのは、そのことを俺の口から言わせたかったからだろうよ」

「だったらせめて、いなくなった男の名を聞かせちゃくれやせんか。そうすりゃ、その男が殺されたのかどうか、調べを付けることも出来るかもしれやせん」

「ここで殺される男なんてのは、滓(かす)よ。女の二親(ふたおや)に、口から出任せの良い話を聞かせて、年端(としは)もいかねえ娘を親元から連れ出し、女郎(じょろう)に売り飛ばすようなのばかりだぜ。二親も、良い話ってのが、嘘だとうすうす分かっていながら、娘を手放すんだ。金を貰えねぇと、てめえらが生きられねぇからな。客の男だって、碌(ろく)なのがいねぇ。身請けするとか何とか、甘いことを言って足抜けさせ、他へ売り飛ばすようなのがごろごろいる。足抜けでしくじったら、大川に浮かぶのを覚悟でするんだから、まあ根性が据わっていると言やぁ、そうなんだろうが、騙す女は余程の上玉でなきゃ、割に合わねえ。郭に高値で売るんだからな。売られた方は、年季が長くなり、結局死ぬまで出られねえって寸法だ。殺されたのは、そんな類の野郎だろうよ」

俺が言えるのは、そんなところだ。峰吉は土間に下りると木の台に腰を掛け直し、投網を手に取った。

「教えとくが、無闇にそんなことを聞き歩いていると、刺されるぜ。旦那は腕に覚えがおありかもしれねえが、だんびらを振り回せないようなところに追い詰められたら、それまでですからね。精々気を付けるこった」

「………お邪魔しやした」

峰吉の返事はない。破れた網目の繕いを始めている。

左右吉と前谷は汐見橋に出、馬場通りを西に向かった。ここから十二町（約一・三キロメートル）も行けば、半町の名無し橋に着く。船頭の太兵衛と約束した二刻を少し過ぎる頃になるだろう。

「豊松の行方は、分からずじまいであったな」懐手をした前谷が、擦れ違う者の耳を気遣い、小声で言った。

「へい」

「だが、豊松が淡路を身請けするために大金が入り用だったことは、はっきりした」

「豊松の見たという人殺しが、《多嶋屋》のお内儀だという証はございませんが、もしお倫だとすると、話は繋がります。深川の子供であったことを知られているだけでなく、人を殺したところを見られていたら、金の無心に来た豊松を、殺そうとするに違いありません」

「だが、豊松は男だ。油断したとしても、殺すとなると、お内儀の手には余るのではないか。死体の始末もある。一人では無理があるかもしれぬぞ」

「お貞が手伝ったとか、手を下したのは、お内儀に頼まれた別の者、というのは」

「……あり得るな」

「旦那、峰吉ですが、誰が誰を殺したのか、すべて知っているようでしたね」

「当たりは付く、と申していたな」

「なのに、言わなかった。あのとっつぁんの気持ち、分かるような気がしやす」

「うむ。多分、私もあのように言うかもしれぬ」

「あっしも、妙に感じ入っちまいやした。同じように思う奴がいても、不思議じゃありやせん」

例えば桜井様です、と左右吉が言った。お貞から、お内儀が強請られていると聞き、手を貸した、とか。

「出役騒ぎまで起こしたのだ。深く関わっていると見て間違いあるまいな」だが、どうやって証を得る？　前谷が足を止めた。

「亥助はどうでしょう？　多分、七郎兵衛の子分が《阿や乃》から香炉を盗み出し、あっしの留守に借店に隠した。それを訴え出るよう《阿や乃》の主に促し、なおかつ見付け出す役を命じられたのが亥助だったんじゃねえでしょうか。まずは亥助の口を割らせることから始めるのがいいんじゃねえかと存じやすが」

「そうとなれば、急ぎ役宅に戻るぞ」

「駆け出したい気分でさあ」

「目立つ。ゆるりと歩け」

五

左右吉と前谷鉄三郎が深川を訪れた、その夜の六ツ半過ぎ――。

御用聞きの亥助は、小塚原町での揉め事を片付け、手下の仁吉とともに三ノ輪へと戻るところであった。揉め事は、煮売り酒屋での喧嘩沙汰だった。金にならない、つまらない一件だったが、親分の貫禄で収まりました、と持ち上げられ、しこたま上酒でもてなされ、土産の酒まで貰ったので、上機嫌だった。

「今夜もたっぷりと飲めるな」

「ありがてえこって」

咽喉を鳴らしながら、提灯の明かりを頼りに、山谷堀に架かっている長さ六間（約十・九メートル）の通新町橋を渡ろうとした時だった。

人影が通りを塞いだ。

「三ノ輪の亥助だな」

「だったら、どうだってんです？」

亥助に合わせ、仁吉が提灯を掲げた。鈍い明かりの中に浪人の姿が浮かんだ。

どちらさんで？　亥助がよろりと酔眼を近付けて聞いた。

「善人の顔ではないな」浪人が吐き捨てるように言った。

「何だと……」

亥助が声を張り上げたのと同時に、浪人の腰が僅かに沈み、細い光が斜め上へと走った。ざくりと肉を断つ音がし、亥助の身体が前のめりになり、そのまま崩れ落ちた。

浪人が仁吉を見、足を踏み出した。仁吉は提灯を投げ付け、喚いた。

「人殺し」

提灯の火袋が燃え上がった。辺りが一瞬明るくなった。浪人の刃がきらりと光った。

斬られる。思った時には、酒徳利を放り投げ、這うようにして通新町橋のほうへ駆け出していた。

後ろから足音がした。追って来るのだ。

両手を泳がせ、喚いた。喚きながら前を見た。橋の向こうから数人の侍が駆け寄って来るのが見えた。

新手だ。もう助かる術はない。仁吉は頭を抱え、橋板に伏せた。

「亥助か」駆けて来た侍が聞いた。仁吉は頭の上で手首から先を左右に振り、後ろを指さした。

侍らは仁吉の脇を走り過ぎると、浪人を取り囲んだ。

「火盗改方である。神妙にいたせ」

笹岡只介に亥助捕縛を命じられ、帰りを待ち受けていた寺坂丑之助、田宮藤平ら同心たちであった。

「げっ」近くの藪が騒ぎ、町人髷の男が逃げ出した。堀沿いの道に下り、駆け出している。殺しを見定めるために、浪人に付いて来ていたのだろう。田宮が直ちに追った。

「刃向こうても無駄だ」

叫んだ寺坂に、浪人が一刀を見舞った。大きく退いて躱すと、寺坂が右手を上げた。浪人を取り囲んでいた同心らの手から鉤の付いた捕縄が飛び、浪人の手足に絡んだ。寺坂が歩み寄り、身動きが取れなくなった浪人の手首を十手で打ち据えた。浪人の手から刀が落ちた。

浪人は瞬く間に縛り上げられた。

寺坂は仁吉に歩み寄り、怪我はないか、問うた。

「あっしは大丈夫ですが、親分が……」

　亥助を検分していた同心が、首を横に振った。

「まさか、このようなことになろうとはな。出張って来ていたのに、済まぬな」

寺坂が言った。

「いいえ……」

　と答えながら、出張って、どういうことで？　尋ねようとしたところに、逃げた男を追っていた同心が駆け戻って来た。

「暗くて見失ってしまった」

「仕方あるまい。我らは引き上げる。後を頼むぞ」

「心得た」田宮が残った。自身番に知らせ、亥助の死体の始末をさせなければならない。

「あの、あっしは？」仁吉が聞いた。

「役宅へ同道せい。其の方にも、聞きたいことがある」

「へい」仁吉の酔いは、すっかり醒めていた。

　三ノ輪から神田橋御門外にある火盗改方の役宅までは、一里と二十四町（約六・五キロメートル）。縄付きの浪人と仁吉を引き連れた寺坂らが帰り着いたのは、五ツ半（午後九時）少し前であった。

浪人と仁吉は、直ちに別々の拷問部屋に通された。火盗改方の役宅には御公儀に許された牢と拷問部屋がある。火急の捕縛と取り調べに対処するためである。

「どうして、あっしまで？」仁吉は同心に縋り付いたが、「縄を打たれたいのか」の一声で、おとなしくなっていた。

「亥助は斬られたそうだ。仁吉がどこまで知っているか、だな」

寺坂から報告を受けた笹岡が、与力部屋の隅で控えている左右吉に言った。

「亥助には他にこれといった手下はいなかったはずです。恐らく仁吉だけが二六時中ともにしていたのだと思いやす」

「知っているか」

「と、思いやす」

「では、聞くとするか」

左右吉は笹岡の後から拷問部屋へと向かった。拷問部屋は、役宅の表門から裏に回る一隅にあった。

笹岡の姿を見て、見張りの小者が頭を下げた。控え所を通るところで、笹岡が左右吉に、ここで待て、と言った。「先に聞く」

左右吉は控え所と拷問部屋を繋ぐ戸口に身を寄せた。笹岡が拷問部屋の石畳を踏んで中に入っていく。寺坂の足許に座らされていた仁吉が、足音に振り向き、笹岡に尋ねた。

「何で、あっしが、こんな扱いを受けなければならねえんで？」

「聞くな。こちらの聞いたことにのみ、答えろ」

「……へい」仁吉の咽喉が縦に動いた。

「あの浪人に見覚えは？」

「ございません」

「七郎兵衛のところで、見たことがあるであろう？」

「あれば覚えておりやす。でも何で、入谷の元締なんで？」

「分からぬか。其の方らの口を封じるため、刺客として差し向けたのだ」

「信じられねえ。元締はそりゃあ悪党だが、そこまで悪かねえ」

「そうか。元締は悪党か。その悪いのと繋がりがあるってことは、己の罪を認めたことになるな」

「俺は何もしちゃいねえ」

「それで通ると思っているのか。火盗改方も随分と舐められたものよな」笹岡が、天井から垂れている縄を引いた。滑車がからからと鳴った。

「あっしは、どうなるんで？」仁吉が声を震わせた。

「非常に難しい立場にいることは間違いない」

「そりゃ、どういうことなんで？」

「其の方は左右吉を罠に嵌める手伝いをした。覚えがあるな？」

仁吉は口を閉ざし、首を激しく横に振った。

「往生際の悪い男だの」笹岡が控え所に向かって言った。「出て参れ」

拷問部屋に入ってきた左右吉を見て、仁吉が首を傾げた。誰なのか思い出そうとしているらしい。

「俺が、てめえらの探している左右吉だ」

「野郎、こんなところに」

寺坂が、青竹で仁吉の膝を打った。

「口を慎め。こんなところとは、何だ」

仁吉が膝をにじるようにして下がった。左右吉が前に出た。

「俺は、てめえと亥助が俺の借店に入ってくるのを、隣の借店から聞いていた。

俺を陥れようとして、《阿や乃》の香炉があったと騒ぎやがったな。あれは一体どういうからくりだ？」

「少なくとも小伝馬町は免れぬところだな。どうだ、送られたいか」笹岡が聞いた。

「冗談じゃねえ」

「知っていることをすべて話せば、送らぬ。が、知らぬ、存ぜぬを決め込むならば、額に御用聞きの手下だと書いた紙を貼り付けて、送り込んでくれるぞ」

「面白え。送って貰おうじゃござんせんか。こっちには……」そこまで言って、仁吉が不意に口を噤んだ。

「こっちには、何だ？」

「何でもねえ」

「其の方には何も見えておらぬな。其の方らの口を封じようとしたのは七郎兵衛だ。それと連んでいる牢屋見廻りが助けてくれる、とでも思うておるのか」

「………」

「牢屋敷に送られたら、そのままあの世行きだろうな」寺坂が言った。

「だが、安心しろ。送らぬ。多分、その前に拷問に耐えきれずに死ぬであろうよ。よかったな」

「拷問で殺してみろ。あっしは八丁堀の旦那から手札をいただいていた親分の下で長年働いてきた者だ。奉行所が黙っちゃいませんぜ」

「そうはならぬのだ。この役宅の土の下には、吐かずに責め殺された死骸が、たくさん埋まっている。勿論、誰にも知られずに、な。其の方も、そのような死骸の一つになるだけだ」

「なりたいか」寺坂が聞いた。

「……いいえ」

「なら、正直に答えろ。答えれば、痛い目に遭わずに済むぞ」

「…………」迷っているのか、押し黙っている。

「其の方、女房はおるのか」

「独り者で」

「郷里は？」

「上州で」

「話せば、上州で余生を過ごせるよう、取り計らってやるぞ」

「元締を裏切れば、上州だろうがどこだろうが、逃げ場はねえ。必ず殺される。

だけど、その前に俺は、元締が親分と俺を殺そうとしたなんぞ、信じねえ。あの人は、俺みてぇな下っ端にも、小遣いをくれるようなお人なんだ」

「待っておれ。どうしても話したくなるようにしてやる」

逃げようとしたら、構わぬ。手足の一、二本叩っ斬れ。寺坂に言い置き、笹岡は左右吉を伴って、隣の拷問部屋へと回った。

浪人は後ろ手に縛られたまま、石畳に座らされていた。

「殺害は認めたのですが、頑として名乗ろうといたしません」青竹を手にした同心が言った。

「そうか」笹岡は、己の役職と名を告げ、答えるよう求めた。

「生き恥を晒すことになる。ご容赦願いたい」

「いずれ分かることではないかな」

「生きるために仮の名を名乗ってはいるが。それとても、知られたくはないのだ」

「分かった。名については、これ以上問うまい」

「かたじけない」

「亥助殺害の一件だが、貴殿は殺しを生業としているのか」笹岡が聞いた。

「いいや。今夜が初めてだ」

「亥助の死体を検分した者の話では、迷いのない斬り口であったそうだ。人を斬ったのは初めてではあるまい」

「三人目だ。前の二人は国許で斬った。そのために、お家を捨てたのだ」

「左様であったか」

「聞きたいのだが」浪人が言った。

「何かな」

「亥助なる者は、本当に悪党であったのか」

「間違いなく、悪だ」

「善人には見えなかったので斬ったのだが、それなら良かった」

「誰に頼まれた？」

「《田丸屋》宇兵衛と名乗っていたが、偽名であろう」

「《田丸屋》……」左右吉は笹岡に、七郎兵衛が金を貸している太物問屋の名だと教えた。

「嘘の名と思うたにもかかわらず、金のために引き受け、斬ったという訳か」

「二、三年は安楽に暮らせるだけのものを貰えたからな」

「よろしゅうございましょうか」左右吉は笹岡の許しを得、浪人に尋ねた。

「頼んだ奴のことを詳しく教えちゃくれませんか。こう申し上げては何ですが、どのみちご浪人さんには、もう先はねえんですから、ここはきれいに話しちゃいただけませんでしょうか」

「惜しい命ではないが、そうはっきり言われると、堪えるな……」

「相済みません」

「そうよな……」浪人が思い出そうとしている。

七郎兵衛が殺しを任せるとすれば、片腕の長二郎だろう。とすると、三十の半ば過ぎ。無駄な肉のない、冷たそうな男となる。

「そのような者であったな。名は何と言う？」

「長二郎です」

「あの者らしい名だ」

「どうして《田丸屋》宇兵衛が偽名だと思われたんですかい」

「賭場の帰りに頼まれたのだが、盆茣蓙の周りには、その《田丸屋》らしき者はいなかった。なのに、私の懐具合に詳しくてな。仲間の者がおり、私のような浪人を探していたのだと思うた。そして、これが決め手だが、当人が堅気の商人には見えなかったことと、その者には私が受けるか否か、返答を待っている連れがおったのだ。その連れが、いかにも信ずるに足らぬ者どもに見えたからだ」

「連れとは、どんな奴らでした」

「《田丸屋》と話し合うた蕎麦屋の二階から、見るともなしに帰ってゆく《田丸屋》を見ていただけなので、しかと見た訳ではないが。男が二人近付いて来、何やら話して三方に別れた」

「何か目立ったところは？」

「一人はこれと言ってなかったが、もう一人の者には火傷の痕があった」

「ここらですか」首筋に手を当てた。

「まさに、そこだ」

「存じておるのか」笹岡が口を挟んだ。

「長二郎が連れている、寅熊という者だと思われます」

「すると、其奴が七郎兵衛のところに事の首尾を知らせに走ったのだな」

「そのように思われます」

「よし、仁吉だ。これで話すだろう」

俯いて聞いていた仁吉が顔を振り上げ、笹岡と左右吉の顔を交互に見た。

「嘘だと思うのなら」と笹岡が言った。「あの浪人を、ここへ連れてくるか」

「それにゃ及びません」

「分かったのか、七郎兵衛がどのような男か」

「前から分かっちゃいたんです。高利の金で首が回らなくなった親に、泣きの涙で娘を吉原に売らせるところなど、何度も見ました。でも、てめえの身を守るために、親分やあっしまで手に掛けようとするなんて思いませんでした」

「聞かせてくんな」左右吉が言った。「香炉の一件は、誰の差し金だ？」

「上州に逃がしてくれるってのは本当でやすか」

「火盗改方に嘘はない」笹岡が答えた。

「でしたら申し上げやす。元締が絵図を描き、桜井の旦那がその通りに動いたことに相違ございません」

「詳しく申せ」

仁吉は、左右吉が《阿や乃》を出てからの経緯を事細かに話した。

「これは、親分が元締んところの若い者から聞いた話ですが、元締は長二郎を呼び寄せると、命じたそうです――」

俺が忘れ物をしたから、と離れに行く振りをして香炉を盗み出し、それを左右吉の借店の行李に隠せ。

「そして」

亥助親分を呼び、仔細を話して、《阿や乃》の主に直ちに盗みの届を出させろ。と同時に、桜井の旦那に使いを出し、出役するよう、談じ込むよう頼め。

「親分とあっしは、香炉の在り処を聞いてましたので、いかにも見付けたように振る舞ったって寸法で」

「よく話してくれた。軽々には思わぬぞ」

「ありがとうございやす」

「引き続き、亥助殺しに移るぞ。七郎兵衛が誰かを消そうとする。そんな時、実際に動くのは長二郎だな」

「へい。よくご存じで」

「長二郎一人ではなかろう。他に誰がいる？」

「さあ、その時々で変わるかと」

「首筋に火傷の痕のある男がいたな」左右吉が言った。

「嘘を吐かねえでよかったな。もし違う名を答えてたら、只じゃ済まなかったぞ」

「寅熊です」

「脅かしっこなしですぜ」

「あの寅熊って男は、女癖が悪そうだが」

「始終、取っ替え引っ替えしてますね」

「あいつは七郎兵衛に目を掛けられているのか」

「それ程でもありやせん」

「長二郎は、女の方はどうだ？」

「長二郎は女嫌いというか、女には見向きもしない奴で。それが女好きの寅熊を可愛がっているのだから、不思議な組み合わせだって親分も言ってました」

「殺しなら、奴も手伝わせるか」

「十中八九は」

「ならば、寅熊も七郎兵衛の為出かした悪さの殆どを知っていると見ていいな？」

「と思いやす」

「あと一つ。豊松って男の行方がわからねえ。聞き覚えはねえか?」

「……………ござんせんが」

「《多嶋屋》のお内儀について、亥助は何か申しておらなんだか」笹岡が聞いた。

「誰かに強請られているらしい、と親分が言ってたように思います。それで元締が一枚嚙んだとか。詳しいことは存じません」

「強請った者を殺したとは言ってなかったか」

「そんな話があったんでございますか」嘘を吐いているようには見えなかった。

「こうなれば」と笹岡が、寺坂と左右吉に言った。「その寅熊を、こっそり捕えて締め上げるか」

「吐くでしょうか」寺坂が言った。

「落ちねば、責めて、責めて、責め抜き、死んだら埋めればよいだけの話だ」

仁吉が口を開けたまま、笹岡の顔を見上げている。

「人は、早いか、遅いかの違いはあるが、いずれ皆、土の下に埋まるのだ。寅熊のような男の寿命がちょっとばかり短くなっても、閻魔様は大目に見てくださるわ。そうであろう?」突然、笹岡が仁吉に聞いた。

「へ、へい……」仁吉の頰が引き攣ったように歪んだ。

「寅熊の住まいはどこだ？」寺坂が聞いた。

「旦那。ちょいとお待ちを。寅熊を捕えるのもよいのですが、ここは一発、大勝負に出たらどうでしょう？」

「寅熊では不足か」

「いいえ。あっしの見る限り、寅熊はそれ程骨のある男じゃありやせん。七郎兵衛や長二郎が黙りを決め込んでも、いずれ落ちるでしょう。あいつは、こっちの大事な駒になるとは思いやす。ですが、奴がどこまで知っているか、分かっている訳じゃありやせん」

「どうせよと申すのだ？」笹岡が言った。

「亥助殺しの浪人と仁吉が火盗改方に捕えられた、という知らせは既に七郎兵衛に届いているはずです。奴ら、ばれやしないと思いながらも、焦りが出てきているに違いありやせん。そこで、奴らを一網打尽にする大芝居を考えてみたんですが」

「話せ」笹岡が促した。

左右吉は仁吉をちらりと見てから、あちらで、と外を指さした。そこへ丁度田宮藤平が亥助の亡骸の始末を終えて帰ってきた。

「手間取りそうでしたので、石川日向守様の下屋敷の者に後を任せて参りました」

通新町橋から大門通りを西に行ったところに石川家の下屋敷があった。

「承知した。長官にお伝えしておく」

「それから、門前でこちらの御仁とお会いしました」

田宮が身を引き、後ろの者に入るようにと言った。戸口に現われたのは、日根孝司郎であった。

「大親分殿の家が、どうも見張られているようなので、こちらに逃げて参りました。左右吉殿は？」

「おるぞ」笹岡が答えた。

「旦那ぁ」左右吉が笹岡の後ろから顔を覗かせて言った。「いいところへおいでになりやしたぜ」

第五章　落着

一

翌六月十一日、十二日と、そぼ降る雨の中で《多嶋屋》を見張ったが、倫の外出はなかった。

十三日になった。亥助が殺された日から数えて四日目である。

徒に時を重ねることは出来ない。何とかしなければ。焦りが左右吉の胸にむくむくと頭をもたげ始めた時だった。《多嶋屋》の暖簾が、手代と小僧の手で上げられた。主か内儀が外出するのだ。女中が出て来て、脇に退いた。主ならば、ここは手代か小僧だろう。女中を供に付けるのだから、内儀に違いない。待っていると、果たして倫がゆったりとした物腰で店先に現われた。

「やったね」思わず呟いたのは、見張りの手伝いを買って出てくれていた千である。

倫は見送りの者らに短く答え、下谷広小路に出ると、三橋のほうに向かっている。

「頼むぜ」

「あいよ。お万ちゃん仕込みの莫連女の段、見事演じてご覧に入れましょうかね」

「くだくだ言ってると、いなくなっちまうぜ」

「もうちょいとお店から離れないと、逃げ帰られちまうよ」

「いいから、行けって」

「せっかちだねえ」

口とは裏腹に、小走りになっている。

左右吉は千の後に続こうとして、背後に目を遣った。浪人に身をやつした前谷鉄三郎と寺坂丑之助が、天水桶の陰から出てくるところだった。二人は町方が現われた時の備えである。軽く会釈して、左右吉も通りに出た。

倫と女中が三橋に差し掛かっている。

二人は三つある橋の東の橋を渡った。中の橋は将軍家が東叡山に参詣する際に渡る御成道で、西の橋は葬儀の列が、東の橋は縄付きの者が渡る橋である。

縄付きを渡りやがった……。

そこから暫く行った五条天神の前で、千が足を速めた。いよいよか。左右吉は辺りを見回した。町方の者らしい姿は見当たらない。

いい踏ん切りだぜ。

左右吉は町屋の庇の下を伝うようにして千に近付いた。

「もし、《多嶋屋》のお内儀さん」

倫と女中が足を止め、振り向いた。千が腕を組んでいるのを見て、女中が眉を顰めた。堅気でないのは、仕種一つで分かる。

「何か御用ですか」女中が倫と千の間に割り込むようにして言った。

「あんたに用はないよ。引っ込んでな」

思わず気色ばんだ女中を、倫が諌めた。「これ、静かになさい」

「お内儀様」

「聞きましょうか」

千は、一歩寄りながら、囁き声で言った。

「豊松。知らないとは言わせないよ。あいつからお内儀さんのこと、聞いたんだ。ちょいと金が入り用でね。百両もあれば、江戸を売れるんだよ。助けておくれな」

倫は、千の目を凝っと見てから女中に、「先にお寺さんに行きなさい」と、茶代を握らせた。

「半刻（約一時間）も掛からないからね」

「よろしいんですか」

「ああ、心配は要らないよ」

「では」女中は二度程振り返ったが、そのまま山王山の西を歩いていった。

「しつこいねえ」と倫は手を頭の後ろに回し、髱を持ち上げるようにして言った。「あんたを寄越したのが、どっかで見てるんだろ。呼んどくれ」

「いないよ、そんな奴」

「出ておいでえな。まどろっこしいのは嫌いだよ」

倫が辺りを見回しながら、伝法な物言いをした。向こうが腹を括ったのなら、こちらも腹を括るしかない。左右吉は庇の下から通りに出、倫に歩み寄った。

「やっぱり、あんただったね」

「追われる身になっちまったんだ。でかい声は出さねえでおくんなさい」

「何だか知らないけど、いい気味だね」

「好きに言ってくれ。それで、金は融通してくれるんですかい？」

「そうさねえ」倫は左右吉を見据えると、「付いといで」。それから千に、「あんたは要らないよ。そこらで待ってな」と言葉を投げた。

「いいのかい？」千が左右吉に聞いた。

倫は振り向こうともせずに、五条天神の参道を歩いてゆく。両側にある水茶屋は蹴転と呼ばれる茶汲女を置いている店である。前垂姿の女たちが、框に座っているのが見えた。

「町方がいるとは思えねえしな」

左右吉は足を急がせて倫に続いた。

倫は五条天神の境内を抜け、更に通りを横切ると下谷町二丁目の料理茶屋に入った。料理とは名ばかりで、女を呼ぶか、男女の密会のためのお座敷貸しの茶屋だった。

「上がるよ」倫は、店の者に言うと、ずかずかと二階に上がってゆく。左右吉は、何も言わずに後から階段を上がった。

　二階で待ち構えていた仲居が、訳知り顔に奥の座敷に案内した。

「お酒は？」倫が座る前に左右吉に聞いた。

「いらねえ」

「あたしは貰うわ。お酒ね」

「畏まりました」

「肴はいらないけど、お茶ある？」

「ございますが」

「じゃ、濃いのを急須一杯持ってきて」倫は手早く一分金を取り出すと、仲居に手渡した。

「濃いのよ」

「はい」仲居は拝み取りして、座敷から下がった。

「こういうところは慣れているのかい？」倫が腰を下ろしながら言った。

「稼業柄ですから」

「言われてみりゃ、そうだね」倫は鼻先を鳴らすようにして答えると、あんた、と言った。「生まれは？」

「大山参りで有名な大山の麓で」

「行ったこと、あるよ。大山道（おおやまみち）を通って江戸に出て来たのかい？　辛気（しんき）くさい、いやな道だったよ」

「お内儀さん、お生まれは？」

「忘れたよ」

廊下に足音がし、仲居が酒と急須と湯呑（ゆの）みを運んできた。

「これでよろしいでしょうか」

「ありがと」

倫は手酌（てじゃく）で酒を猪口（ちょこ）に注（つ）ぎ、急須の茶を湯呑みに淹れた。

「勝手に飲むよ」

倫は水のように酒を飲むと、睨（にら）み上げるようにして左右吉を見た。

「あんた、あたしに何か恨（うら）みでもあるのかい。豊松って男を探しているだけじゃなかったのかい？」

「最初（はな）はね。だけど、探しているうちに、町方に追われる身になっちまったんで、江戸を売ろうって訳ですよ。どうして町方に追われるようになったのか、聞きたいですか」

「長い話は勘弁しとくれ」

倫は猪口を置くと、湯呑みを手に取り、話すようにと促した。

「お内儀さんが鬼子母神にお参りに行くと知り、待ち受けた。そこまではいいですね」

倫が頷いた。

「お前さんを尾けた。お前さんは《阿や乃》という料理茶屋に行き、女と会った。女の名はお貞。お貞は妾暮らしで、通ってくる旦那がいた。それが、桜井丙左衛門。こともあろうに、与力の旦那だった。それだけでも驚きなのに、旦那が香具師の元締と会っていた。俺はそれを見ちまったんですよ。そしたら、追われることになったって訳です」

「何でそこまであたしを追ったのさ？　あたしが深川にいたからかい？」

「そんなんじゃねえ。豊松が無事かどうか、知りたかっただけだ。別にあんたに恨みがあった訳でも、何でもねえんだ」

「あんた、深川がどんなところだか、知ってるのかい？」

「《土橋》で子供の送り迎えをしていたことがありやす。八年前になりやすが」

「そうかい。道理で、こんな店に入っても落ち着いているんだね。あたしは、《櫓下》にいたんだ」

「燃えてなくなっちまった《尾花屋》ってところだそうですね」

「何だい、何もかも調べは付いてるのかい。あの頃は、二十間川によく家鴨が身投げしてたけど、覚えてる？」

「忘れられるもんじゃありやせん」

《向土橋》と言われた佃新地にいた女たちは、安房の畦蒜の出の者が多かったので、俗に家鴨と呼ばれていた。朝になると、その家鴨が川に浮かんでいたものだった。

「あたしも何度か、飛び込もうとしたことがあんのよ。だから、あの町を出られた時は、心底助かった、と思った。嬉しかった。でも、あの時、あそこで死んでいたほうが楽だったかもしれないね……」

倫が猪口の酒をくいと空けた。

「あっしだって、お内儀さんを強請るのは心苦しい。やりたかねえ。でやすが、あっしはまだ死にたかねえんです。さっきの女と二人して逃げるには、どうしてもまとまった金が要るんです」

「その豊松とかも、金が要ったらしいね」

「深川に好いた女が居ましてね。それを身請けしようとしていたらしいんです」

「あんたたち、結構な御託を並べてくれるけどさ、随分とてめえ勝手な男たちだね。あたしは可哀相じゃないのかね」

「申し訳ねえが、てめえのことしか考えられねえんで」

「あんたがどこで死のうが、捕まろうが、あたしには関わりのない話だけどさ、口止め料はくれてやるよ。いいね、言い触らすんじゃないよ、あたしのことを。あたしは、どうなってもいいけど、変な評判を立てられて、亭主のお店を傾けさせる訳にはいかないんだからね」

「済みません」

「場所はあたしの言うところでいいかい？」

「へい」

「百両と言えば大金だ。右から左に、はいよって訳にはいかないからね。二日後はどうだい？」

「場所は？」

「入谷の庚申堂でいいかい。あそこに八ツ半（午後三時）」

「承知いたしやした」

「じゃあ、帰っとくれ。いつまでも見ていたいって顔じゃないからね」

料理茶屋を出たところで、千が待っていた。倫の尾行は火盗改方の同心・前谷が引き受けてくれる手筈になっている。左右吉は、不忍池をぐるりと回り、跡を尾けられていないかを見定めてから千と別れ、火盗改方の役宅に戻った。

その夜、すっぽんの三次がひょっこり現われた。

「お千さんから、こちらだと聞きましたんで、罷り越しました。火盗改のお役宅なんてぇおっかねぇ所にのこのこ来ちまうなんて、あっしもどうも、変な心持ちなんですが、元締から言付けがありましてね」

「わざわざ済まなかったな。元締は何と？」

「表稼業の舂米屋の得意先で葬式があって、出向いた先で仕入れた話だそうです」

と、三次は早速話し始めた。

貞を身請けした隠居がぽっくり亡くなり、追い出されたその身を拾ってくれたのが、隠居の碁敵。それも立派なお武家様だったそうなんで。

「どんなお方か、分かるかい？」

「何分話してくれたのが年寄りなもので、お名までは覚えていねぇようだったんですが、八丁堀の偉いお方だったってとこだけはよく覚えていたそうです。一時噂（うわさ）になっていたのかもしれませんね」

「それを元締が、あっしに？」

「『調べはしねえし、聞かなければ、教えもしねえ。だが、耳にしてしまった以上は、知らせねえ訳にはゆかねえ。そこんとこ、きっちりと言っといてくれ』とのことでした。一字一句言われた通りに申し上げました」

「大助かりだ。元締にくれぐれもよろしくお伝えの程を。また日を改めて伺いやすんで」

「では、これで」

　三次はそそくさと帰って行った。

　三次を大門まで見送ると、日根が、拷問（ごうもん）部屋に戻りながら声を弾（はず）ませた。

「やはり、お貞を囲っているのは、桜井丙左衛門で間違いないな」

　だとすると、《多嶋屋》が倫の朋輩（ほうばい）に寮を貸したのも頷けた。八丁堀と繫がっていれば、何かと力になって貰える。後ろめたい過去があれば、なおさらなのかもしれない。

　人の思惑とは、そんなものなのだろうか。違う、と言いたかったが、言える程きれいな生き方をしている己ではなかった。

倫に動きがあったのは、翌十四日のことであった。《多嶋屋》の者が外出する場合は、すべてに尾行を付けることにしていたので、こんな小僧にまで、と不平を零しながら尾けていた田宮が、思わぬ手柄を立てることになった。

小僧が出向いた先は、便り屋だった。咄嗟に、以前桜井らが便り屋を使った、と聞いていたことを思い出した田宮は、小僧を使いに出したのが倫だと踏み、素早く町駕籠を雇い、便り屋の跡を尾けさせた。侍が町中を走り抜けたのでは、目立ってしょうがない。

便り屋は上野の山下を駆け抜け、貞の許へ行き、次いで貞が認めた文を北町奉行所の桜井へ、僅か一刻（約二時間）足らずの間に届けたのである。

桜井が七郎兵衛に知らせを送るか、田宮は目を皿のようにして人の出入りを見張ったが、桜井の動きを読み取ることは出来なかった。

そして、左右吉が倫と約束した十五日になった。

二

手甲脚絆に菅笠。旅支度を調え、火盗改方の役宅を出た左右吉は、和泉橋のたもとで千と落ち合い、下谷に向かった。千も旅支度である。

御徒町を行く千の口数がいつになく少ない。倫や七郎兵衛、そして桜井らがどう出てくるのか。やはり、心の震えは隠せないのだろう。左右吉は思わず千を見た。

「何だい？　顔に塵でも付いているかい？」

「いいや……」

左右吉の中の張り詰めていたものが、すとん、と抜けた。

「おめえは大した女だよ」

「今更、どうしたんだい？」

「言っておきたかったのよ」

「じゃ、受けとこうかね」

「そうしてくれ」

左右吉と千は、三枚橋を過ぎたところで武家小路に切れ込み、下谷山崎町から御切手町へと抜けた。入谷の庚申堂に着いたのは、約束の刻限の大分前になる。倫の姿は、まだなかった。左右吉は庚申堂の裏手に回り、千と並んで大きな切株に腰掛けた。入谷田圃を吹き抜けてくるじっとりと湿った風が身体にまとわり付く。首筋の汗を拭った。

遠くの木立の陰で人が動いた。不器用な動きは日根だった。日根と前谷と、久兵衛の手下の善六が二十五間（約四十五メートル）程離れたところで見張っていた。日根と前谷は左右吉の求めに応じて飛び出すためであり、善六は浅草幡随院の末寺・良感寺で待機している笹岡率いる火盗改方の同心と、久兵衛の知らせを受け、加わった北町奉行所同心・山田義十郎に知らせるためである。

左右吉を始末する好機を与えてやったのだ。七郎兵衛と桜井らは必ず動く。その動きを見越した上での周到な配置であった。二十五間は、左右吉の腕ならば持ち堪えられる、と日根が断じた距離だ。

――いいか、と日根が言った。桜井が出て来たら二人で逃げ回れ。左右吉は、万一にも足を払おうなどと思うな。這いずり回っていれば、助けにゆく。

そんなみっともねえ真似が出来るかよ。

思いはしたが、日根の言葉は心に沁みた。

左右吉の武器は本身の脇差が一振りきりだ。道中差として腰に差してある。火盗改方の役宅で借り受けてきたものだった。

八ツ半の鐘が一つ鳴った。

「行くか」左右吉が言った。

「あいよ」

木立の間を抜け、庚申堂の裏から表へと回った。庚申堂の中には、病魔・病鬼を退ける六臂(ろっぴ)の青面金剛(しょうめんこんごう)が祀(まつ)られている。

蟬(せみ)の声が頭の上から落ちてきた。

入谷田圃を背にして、堂に向かってくる女の姿が見えた。胸の前に袋を抱え持っている。倫だった。一人か。

女が一人、倫と連れ立った。貞であるらしい。その少し後ろに編笠姿の武家がいる。桜井に違いない。しかし、七郎兵衛の姿はない。

「いないけど、いいのかい?」千が小声で聞いた。

「来ねえはずはねえ。俺ら二人を取り囲もうとしてるに決まってる」

「分かった」

倫が近付いてきた。五間(約九メートル)の間合いを空けて足を止めた。貞と桜井が続いた。倫は手にしていた合切袋(がっさいぶくろ)を少しく持ち上げて見せた。

「持って来たよ」

「流石(さすが)はお内儀様。頼りになりやすね。疑う訳じゃござんせんが、検(あらた)めさせていただいてもよろしゅうござんすか」左右吉が倫のほうへ歩み寄ろうとすると、桜井が倫の前に出て来た。

「其の方が、他言せぬという証はあるのか」

「ございません。信用していただくだけです」

「強請りをするような輩を、どう信じろと言うのだ?」

「香具師の元締と料理茶屋で会う。そんな与力の旦那なぞ、信じられねえのと同じでござんしょう」

「ほざくな。下郎が」桜井の腰が僅かに沈んだ。

「斬ろうってんですかい。成程、そうやって豊松を斬った。そうでやすね?」かまをかけた。

「何を言っているのか、分からぬ」

「豊松の時も、お内儀に頼まれたんですかい。一度悪事に手を染めたら、後は坂道を転がり落ちるようなもんだ、って言いますからね。お内儀とてめえの女に担ぎ出され、のこのこやって来たのが何よりの証ですぜ。事ここに至った筋道ってやつを、洗いざらいぶちまけて貰いやしょうか」

「私を呼び出すために、下手な芝居を打ちおった訳か」

「打たせたのは、そっちですぜ」左右吉が言った。

「どうして、あんたら」と貞が食って掛かってきた。「あたしたちを、そっとしておいてくれないのさ。誰も好き好んで、女郎(じょろう)なんてやってやしない。やっとの思いで抜け出したのに、いつまで苦しめれば気が済むのさ」

両の眼に涙が迸(ほとばし)った。

「あんたらって、俺と豊松のことか」

「そうだよ。殺されて、当然なんだよ」

桜井が貞の肩に手を掛け、引いた。

倫は身動きもせずにいる。

やはり、そうだったのか……。

左右吉は一つ息を吸い込むと、言った。

「俺だって、出来ればあんたらをそっとしておいてやりたかった。豊松が、金を強請(ゆす)ったのは褒(ほ)められたことじゃねえが、だからと言って殺していいって訳じゃねえ。あいつと俺は、一緒に地べたの底を這うようにして生きてきた、かけがえのねぇ仲間だったんだ」

倫が目を大きく見開いて、左右吉を見ている。

「蛆虫が何を言うか」桜井が言った。

「なら、言わせて貰うが、目障りだからと、俺を小伝馬町送りにしようとしたあんたは、もっと性質が悪いんじゃねえんですかい」

「何の話だ」

「惚けるんじゃねえよ。三ノ輪の亥助の手下が白状したんだよ。《阿や乃》の香炉を俺が盗んだことにして、その通りに桜井様が動いたと、出役させたじゃねえか。絵図を描いたのは七郎兵衛で、その通りに桜井様が動いたと、はっきり言ってたぜ。結局亥助は口封じのために殺された。手下の仁吉を殺し損ねたのが、運の尽きってね。亥助殺しにも、旦那は関わっていたんですかい？」

「知らぬ」

「それだけじゃねえ。あんたは、七郎兵衛の言うがままに、牢屋敷送りになっていた者の仕置を軽くして出してやっていた。近いところでは、《田丸屋》の一件で取っ捕まった寅熊を、敲きだけで済ましている」

「……………」

「そんなちっぽけなことだけじゃあねえはずだ。叩けば、もっともっと埃が出るでやしょう。桜井様、あんたは与力であるにもかかわらず、香具師と誼を通じた。与力の旦那が金に困っているとは思えねえ。裏で何の取引をしていたんです？」

「その辺で止めときな」木立の間から、声がした。振り向くと、ざっと十四、五人はいる。声の主は、長二郎だった。

何てぇ頭数だ。左右吉は脇差を抜いた。そうか、日根の旦那がいる、と見越しての人数か。

「一度は助けて貰った命だというのに、粗末にするもんだね」

七郎兵衛が、左右吉を見据えながら進み出た。

「お前さん、いささか出過ぎだね。豊松同様、埋めてやろうかね」七郎兵衛は長二郎に目配せすると、桜井に笑い掛けた。「こんな奴、殺して埋めちまえば片ぁ付くんですから。何か言ってきたら殺す。何度でも繰り返せばいいんですよ、旦那」

長二郎が顎で左右吉を指した。

「殺っちまえ」

子分どもが匕首を抜き、じりと足指をにじった。

「一つ、お内儀さんに聞きたいことがある」左右吉は匕首の動きを見遣りながら、倫に向かって声を放った。

「構うな」桜井が倫に言った。

「いいよ。どうせ、あの世に行って貰うんだから、何でも聞きな」

「豊松は、あんたが人を殺すところを見たそうだが、そうなのか」

「ほらね、やっぱり辿り着かれちまったよ」

倫は貞に笑い掛けると、木立の先の灰色の空を仰いだ。

「そいつはさ、とんでもない悪だったんだよ。あたしだけじゃない。どれだけの女が泣かされたことか。ねっ」

倫の言葉に、貞は何度も頷いた。

「殺したのか」

「そうだよ。稼げなくなったから、と、あいつは笑いながらお光ちゃんを殺した。あんな、いい娘を。そんな碌でなしを殺したからって、何が悪いんだよ？」

「死骸は？」

「埋めて貰ったよ」

「誰に？」

「言えないね」

恐らく、舟番の峰吉のような男に頼んだのだろう。

「それを豊松に見られていたんだな？」

「豊松さん、言ってくれた。生きてるあんたの方が大切だって。お光ちゃんをお寺に葬ってもくれたんだよ。その豊松さんが、金が欲しいからって、手の平を返したように……。あたしゃ、何を信じていいのか分からなくなっちまった。それで、お貞ちゃんに相談したんだよ」

「言い訳にしかならないぜ」

「せっかく摑んだ幸せを握り締めるのが、いけないことなのかい？」

「一時でも幸せを味わえたんだ。いいじゃねえか。世の中にゃあ、ひたすら待ってても、そいつに巡り合えねえ奴もいるんだぜ。狐森のようにな」

「狐……？」倫の目が微かに泳いだ。意味が分からないのだろう。それでいい。豊松を待っている淡路のために言ったのだ。

「もういい、早いとこ片付けろ」

長二郎に煽られた男どもが、匕首を突き立ててきた。脇差で一人の男の手首を払った。血飛沫が上がり、男どもの輪が少し歪んだ。

「もたつくんじゃねえ」

長二郎が刀を抜き払い、打ち付けるように振り下ろしてきた。刃風が鳴った。やっとうの修行をした者の太刀捌きだった。後ろ手で千を庇いながら、引き足を使い、間合いを取った。

「道場に通った口のようだな」長二郎が言った。

「てめえもな」

木立の奥から、日根と前谷が駆けて来るのが見えた。長二郎らも気付いたらしい。

「食い詰め浪人が仲間か」前谷の垢染みた姿を見て取った七郎兵衛がせせら笑った。

「金を渡して追っ払っちまえ」

七郎兵衛から紙入れを受け取った寅熊が、日根と前谷の行く手を塞いだ。その寅熊の胸を日根が蹴り飛ばした。寅熊の身体が宙に浮き、背から地面に落ちた。

「てめえらだったのか」七郎兵衛が日根と前谷に怒鳴り声を発した。

「私たちで悪かったな」日根が答えた。

「ついでに始末しちまえ」

七郎兵衛の四囲にいた者が走り、日根と前谷を囲んだ。

「見くびられたもんだ」

「私が、ついでか」

日根と前谷は、飛び掛かってくる子分どもの足を、片っ端から斬り払っている。

「桜井様、こいつを早いとこ叩っ斬っちまってください」七郎兵衛が左右吉を指した。

前谷を凝っと見ていた桜井が、「そうするか」と言って、左右吉に歩み寄ってきた。

「逃げろ。もう少しだ。持ち堪えろ」

日根が喚いている。言われなくても、逃げますよ。千の手を取り、下がろうとしたが、後ろは庚申堂で、前には長二郎が、左右には七郎兵衛の子分が立ち塞がっている。

「お堂ん中だ」千に言い、脇差を構えた。

代われ、と桜井が長二郎に言った。「なかなか、やるようだな」

「やりやすが、旦那の相手じゃござんせん。こっちはお任せしやしたぜ」

「承知した」

長二郎はそのまま下がると、刀で日根らを指し、

「怯むんじゃねえ、一度に掛かれ」大声で命じている。

へへっ、と桜井の脇にいた子分の一人が下卑た笑いを洩らし、唇の端を吊り上げた。

「念仏でも唱えるんだな」

「お前もな」桜井が、子分に言った。

聞き返そうとして子分が耳を傾けた。その時だった。桜井の腰間から光るものが奔り、身を乗り出した子分の腹を裂き、続けて脇にいた子分を肩口から斬り下げた。

一瞬の間に、二つの身体が血塗れになり、地面にずり落ちた。周りにいた子分どもが一斉に喚いた。

駆け戻ってきた長二郎が、地べたの死体を見て、目を剥いた。

「旦那、どういうこってす？」

「潮時だ」と桜井が言った。あの者は、と子分どもをあしらっている前谷を刀で指し、火盗改方の同心だ。以前に見たことがある。もう一人の者は知らぬが、太刀捌きから見て、やはり火盗改方なのだろう。

「火盗改方絡みの罠ならば、もはやこれまでだ」

長二郎が慌てて四囲を見回した。まだ笹岡らの姿は見えない。

「今更」と長二郎が言った。「何を言ってるんでえ。それで通るか、通らねえか、知らぬ旦那じゃねえでしょうが。相手が誰だろうが、殺しちまえばいいんですよ」

「火盗改方は、それ程甘くはない」

「桜井様、ここで止めたら、お家は潰れますぜ。よろしいんですか」七郎兵衛が口を尖らせた。

「致し方、あるまい」

よいな、と桜井が貞に聞いた。貞は一瞬息を呑んだが、やがて不器用に頷いた。

「済まぬな」

「いいんですよ」貞が答えた。

「よかないよ」倫だった。血の気の引いた顔が歪んでいる。「まだまだ足りないよ。もっともっと面白可笑しく生きなきゃ、生まれてきた甲斐がないじゃないか」

倫が側にいた子分の背を突いた。「何をぼやぼやしてるんだい。止めるんだよ」

「旦那、冗談は……」近寄った子分を、桜井が袈裟に斬り捨てた。肩が割れ、腕が垂れ、血潮が噴いた。

「旦那、本気なんですね」七郎兵衛が言った。

「これで縁を切る」桜井は、返り血を点々と浴びた顔で、倫と長二郎らを見回してから、左右吉に目を留めた。

桜井は、左右吉と千を庇うようにして身構えると、長かった、と呟くように言った。

「家督を継ぐはずだった兄が突然亡くなり、次男の私が桜井家の跡継ぎになった……」

突っ掛かろうとした子分の匕首を叩き落とし、股を斬り裂いた。

「無足見習、見習を経て本勤並になった。それまで小遣いを貯めるのに四苦八苦していた身に、年二十両の手当が出るようになった。つい、茶屋遊びに手を出してしまった。そうなると、金は飛ぶように消えていく。元締と知り合ったのは、その頃だ……」

七郎兵衛に切っ先を向け、歩み寄りながら再び口を開いた。七郎兵衛の子分らが、じわりと桜井を囲み始めた。

「蠟燭問屋の主として近付いて来た元締の甘い言葉に乗り、ついうかうかと金を借りた。気付いた時には、金で雁字搦めだ。返そうとした。だが、受け取って貰えぬうちに、誘われた博打に溺れ、次第に抜き差しならぬ間柄になってしまった。牢屋見廻りのお役に就くや、牢屋敷での口利きを頼まれるようになった。断われなかった。そして、豊松だ。斬り捨てたところを見られてしまい、言われるままに死骸の始末を任せてしまった。すべては己のせいだ。最初に金を借りた時から、私は腐っていたのだろう……」しかしな、と言って、貞に目を遣った。

「お前に会えたことは、私の喜びであったぞ……」

「ほざけ」

男が刀を打ち付けてきた。桜井は、刀を払い除けると、そこで不意に動きを止めた。斜め後ろにいた男が即座に飛び込み、桜井の脇腹を刺した。匕首が深々と刺さっている。桜井は小さく笑うと、身体を入れ替えざまに、男を斬り捨てた。

「旦那」左右吉が叫んだ。

「これで、よいのだ……。生き恥を晒すのは耐えられぬからな」

桜井は七郎兵衛の姿を見出すと、よろりと足を向けながら左右吉に言った。

「豊松と申したな。あの虫けらを斬ったことは、後悔しておらぬ。其の方にとっては分かち難い友であったやもしれぬが、金をたかりに来た時のあの者は、屑にしか見えなかった……」

「屑は、てめえだ」長二郎が刀を桜井の背に叩き付けた。背がぱくりと割れ、桜井の身体が大きく揺れた。

半ば崩れ落ちながら、桜井の腰が回った。刀が下から跳ね上がった。刀は長二郎の咽喉から頭蓋を突き通した。長二郎の口から、血の塊が飛んだ。

日根と前谷が、左右吉の傍らに駆け付けた。

二人の後ろに子分どもが倒れている。皆、逃げられぬように足を斬られていた。左右吉は寅熊を探した。白目を剝いているのが、そうらしい。

「七郎兵衛は？」

見回している左右吉に、あそこだ、と日根が言った。

木立を駆け抜けようとして立ち竦んでいた。笹岡らが、取り巻いているのに気付いたのだ。

「火盗改方である。おとなしく縛に付け」笹岡の声が聞こえた。

倫は、桜井に取り縋って泣いている貞を、憑かれたように見ていた。

火盗改方が倫に縄を掛けた。我に返った倫は、左右吉を呼び止めた。

「さっきは何て言ったのさ？」

狐森のことだと分かった。日根が何事か、と寄ってきた。

倫の縄を手にした火盗改方の同心が、物問いたげに左右吉を見た。左右吉は、黙って首を振った。倫の縄が引かれた。倫が遠退いてゆく。

「何だ？　何か言ったのか」日根が聞いた。

「旦那、世の中には狐森っていうもんがあるんだそうですよ……」

左右吉は、倫の背中を見つめたまま、ぽつりぽつりと話し始めた。

貞の泣き声が、耳に残っていた。


火盗改方の役宅の門に富五郎らが駆け込んで来た。庭に焚かれた篝火が揺れている。

奉行所に戻り、事の仔細を伝えた山田義十郎の申し立てにより、晴れて禁を解かれたのだ。

左右吉の香炉の一件も、冤罪であることが明らかとなり、即刻手配は取り消しとなった。逃げたことに難色を示す同心もいたが、山田の話が桜井丙左衛門に及ぶと、北町奉行所内は騒然となり、それどころではなくなった。桜井の裏の顔を、そのまま白日の下に晒したのでは、奉行所のみならず牢屋敷でも、罪を問われる者が出てしまう。七郎兵衛らの身柄を火盗改方に預けたまま、年番方与力と吟味方与力を首座として、緊急の会合が開かれていた。

「簡単に言っちまうとな」

久兵衛が富五郎と繁三らを庭先に集め、あらましを話して聞かせた。

「豊松がお倫を強請ったのだ。それを元の朋輩であるお貞に言ったところ、憤った桜井様が豊松を斬り、死骸は元締が引き取って埋めた。やれやれ、と思っていたところに、左右吉がのこのこ探しに現われたものだから、連中慌てて左右吉に罠を仕掛けた。おめえたちは、その煽りを食らっちまったって訳よ。お蔭ですべての膿を出し切ることが出来たんだがな」

「七郎兵衛は、認めたんでしょうか」

「なかなか首を縦に振らなかったが、一部始終を見ていた寅熊がすっかり吐いちまったんで、観念した」

「そいつはようございやした」

「豊松を掘り出しに行くが、どうだ、来るか」

「出来たら遠慮してぇところですが……」

「好きにしていいぜ」

「左右吉は？」

「中にいる」

　久兵衛が拷問部屋を目で指した。

「数少ねえ仲間が殺されたんだ。叱(しか)るんじゃねえよ」

「分かってまさあ。あれでも、手下は手下でやすから」

　豊松の亡骸(なきがら)は、庚申堂の裏手に埋められていた。左右吉と千が休んだ切株から程近くの窪地であった。目印も何もない、分かりにくいところだったが、寅熊が覚えていた。

　龕灯(がんとう)の明かりで照らしながら、汗みずくになって骨を掘り出し、早桶に入れ、近くの寺へと運んだ。ささやかな通夜と葬儀が営まれた。千から知らせを受けた梅造と三次も加わり、左右吉と千と日根、それに久兵衛と富五郎、善六らで見送った。《網打場》の女から預かっていた駒の小石も、土饅頭(どまんじゅう)の脇にそっと置き、掌(て)を合わせた。

　左右吉は不思議と泣けなかった。これでやっと、静かに眠れるんだな。そう思うだけだった。ただ、淡路に何と伝えるか、と考えると、ひどく心が塞いだ。

三

一夜が明けた。

昼前にお半長屋に戻った左右吉と日根は、二人で大家の嘉兵衛を訪ね、平謝りに謝った。壁の一件である。このままでは、他の者に貸すことも出来ないから、とねちねちと文句を言われたが、長屋を出る前に、穴を塞ぐことで了承を得た。

通夜と葬儀で昨夜から殆ど寝ていない。夕刻まで昼寝をすることにした。

「起きたら《汁平》に行きやすが、旦那は?」

「本音を申せば、少し落ち着きたい。このところ、ざわついていたのでな。だが、其の方一人で大事ないか」

「まさか、いきなり包丁を振り回すこともねえでしょう」

「とは思うがな」

「旦那も銀蔵の袖の血を御覧になったでしょう。弥太郎殺しは銀蔵の仕業と思われやすか」

「分からぬ。殺ったかもしれぬし、殺っていないのかもしれぬ」

「そいつを聞いてきやす。まだ一人前じゃござんせんが、これがあっしの仕事でやすからね」

「逃げる訳にはゆかぬか」


目が覚めると、腰高障子の外は真っ暗だった。耳を澄まし、日根の借店の様子を窺った。ことりとも音がしない。寝入っているのだろうか。

斜め向かいの鳶の借店の戸が開いた。子供に小便に行くよう怒鳴っている。寝る刻限になったのだ。宵五ツ（午後八時）を過ぎたのだろう。

起きるか。

蚊帳を跳ね上げ、汗に濡れた床着を昼の着物に着替え、そっと借店を出た。井戸端で顔を洗い、身体を拭い、手拭を借店に戻して長屋を後にした。

夜になっても、昼間の暑気が抜け切れないでいる。背にじっとりと汗を滲ませながら、《汁平》の暖簾を潜った。

蓑吉が左右吉を見、雪に「暖簾を仕舞ってくれ」と言った。「終えたら、帰っていいぞ」

雪が返事をしてから、小上がりに腰を下ろした左右吉に何にするか、聞いた。

「酒を」

「左右吉さん、お酒です」

「おう」厨の奥から銀蔵が片口と猪口を手にして現われ、雪に渡すと、また引っ込んだ。雪が左右吉のところに運んだ。

「遅くなるぜ」蓑吉が雪を促した。

雪は暖簾を仕舞うと、風の通り道だけ開けて、戸の半ばを閉めた。

「お先に」

「鍋、傾けねえようにな」

《汁平》は、雇い人が帰る時には、いつも何がしかのものを土産に持たせていった。

厨で、雪と銀蔵が一言、二言言葉を交わしている。雪の笑い声が聞こえた。

「帰りな」銀蔵の諭すような物言いの後、雪の足音が裏口から出ていった。

左右吉は片口の酒を猪口に注ぎ、飲み込んだ。

「何か作ろうか」蓑吉が厨から半身を覗かせて言った。

「いらねえ」左右吉は顔を上げ、蓑吉を見ながら答えた。

「ご機嫌が悪いようだな」

「よくねえ」

「そうかい」

内暖簾の向こうに戻ろうとした蓑吉を呼び止め、聞いた。

「あんたら、何者なんだ？」

「雨乞の左右吉らしいな」蓑吉が、小さく笑ってから言った。「含みも何もなく、真っ正面から来たか」

「遠回りは嫌いなんでな」

「隠さねえよ。俺たちゃ盗っ人だ」

「やはり、そうかい」

「そんな気がしてたのか」

「なんとなく、だけどな」

「阿漕な稼ぎをする者のところからだけ奪い、血を見ることも一度もなかった。それを掟に荒らし回っていた。西国筋だ」

「弥太郎を殺したのは、あんたらかい？」

「いいや。俺たちが行った時には、虫の息だったが、まだ生きていた」

「どうして奴の家が分かった？」

「銀蔵によく似た男、見掛けただろう？　あいつは銀蔵の従兄弟で鉄蔵と言ってな。あいつを探していて、弥太郎ってのに行き着いたのさ。鉄蔵は江戸で押し込みをしようと、人を集めていて、弥太郎にも声を掛けたんだ。ところが、ちいっと知り過ぎちまったんで、口を塞がれたのよ」

「あんたらを呼びに来た男がいただろう。二十歳くらいの男だと雪が言ってた奴だ。そいつは何者なんだ？」

「江戸で手なずけた男でな、弥太郎の家を見張らせていたんだ」

六月七日の夜だから、九日前になる。銀蔵の袖に血が付いていた。あれは弥太郎の血だったのか、聞いた。

「そうだ」

「なぜ鉄蔵を探していたんだ？」

「けじめを付けるためだ」

「どういうことだ？」

「奴はな、こともあろうに仲間を殺し、そいつの分け前を奪って高飛びしやがったんだ。掟破りを出しちまったとあっちゃあ、もうやっちゃいられねえ。俺は他の手下どもを散らし、銀蔵と二人で奴を追った。だがな、一度稼業を捨てた俺らに味方する者はいなかった。いつもあと一歩のところで逃げられた。それで、江戸で待ち構えることにしたんだ。見付けるまでに六年掛かった。長かったぜ」

「………………」

「鉄蔵の野郎も、俺たちに気付きやがった。殺られる前にってんで、この店を襲いに掛かったのさ」

「……一つ、詫びなければならねえらしい」

「何だ？」

「ここにお前さんたちがいると鉄蔵に気付かれたのは」

どうも俺たちがへまをしたせいらしい、と左右吉は鉄蔵に撒かれたことを話した。

「今更遅いが、謝るぜ」

「そうだったのかい。どのみち、そう変わりゃしねえよ。鉄蔵ごときに襲われて、むざむざ殺られる俺たちじゃねえしな。あれから俺たちも、鉄蔵の居所を調べた。どの辺りに出入りしてるか分かれば、探すのは訳もねえことだ。済まねえが、鉄蔵と、後二人いたが、三人とも始末しといた」

「殺しちまったのかい。死骸は？」

「見付からねえところに沈めた」

「ご定法なんぞ、ないも同然だな」

「そんなものは、俺たちには関わりねえこった。裏切った者は殺すしかねえ。それが頭としてのけじめってもんだ。どうする？　お縄にするかい」

「俺たち手下は人を縛れる身分じゃねえんだ」

「そんなことは聞いちゃいねえ」

「裏切ったのは、その鉄蔵一人か」

「もう一人、いる。そいつを殺すまでは捕まる訳にはいかねえんだ。奉行所に知らせるってんなら、逃げる。目を瞑ってくれるなら、このままだ」

「《汁平》を続けるのか」

「そのつもりだ」

「もう一人の奴も、江戸に来るのか」

「来る。鉄蔵は来た」

「これからも、汁をたっぷりと掛けてくれるんだろうな」

蓑吉は左右吉の目を見つめながら、返答次第だ、と言った。

「他の客に迷惑を掛けねえ、と約束出来るか」

　蓑吉が頷いた。

「もう一つ。残りの一人の片が付いたら、江戸を離れて貰えねえか。人殺しと知っていて、それ以上見逃す訳にはいかねえからな」

「分かった」

「ならば、鉄蔵を沈めたって場所を紙に書いて教えてくれ」

「引き上げるのか」

「俺に掛けられた疑いを晴らすためもあるが、お前たちも姿を見られている。弥太郎を殺したのは、鉄蔵たちだ、と知らしめねえと、後々厄介なことが起きねえとも限らないからな」

「明日にでも詳しい図を書いて、どこかの自身番に放り込んでおく。それでいいか」

「手打ちといこうぜ。汁をたっぷり掛けてくれ」

「残りものだが」

「上等だ」

　蓑吉が銀蔵に、飯を盛り付けるように言い、厨に入った。蓑吉の背が内暖簾の向こうに消えるのと同時に、戸口が鳴った。白い手が、戸を大きく開いている。千だった。

「よかった。暖簾が仕舞ってあるから帰ろうかと思ったんだけど、いいかい？」

「構わねえよ」蓑吉が戻ってきて答えた。

「なら、汁をたっぷり掛けておくれ」

千はひょいと小上がりに上がると、ぺたりと横座りになり、ねえ、と左右吉に言った。

「今夜、泊めてくれるかい？」

左右吉が驚いて厨に目を遣ると、蓑吉と銀蔵の手が止まっている。

「おっ母さんが、あんたの子を産めってうるさいんだよ。名も決めちまっててね。百。万に、千に、百の揃い踏みだってさ」

「なんでえ藪から棒に。驚くじゃねえか。第一、俺はまだ子供なんてほしくねえよ」

「そんなてめえの勝手ばかり言うんじゃないよ。あたしは小さな時から手癖が悪い。あんたにはどこか他人様とは違う、妙な思い切りのよさがある。二人の間の子供なら、石川五右衛門になれるって言うんだよ」千が厨の蓑吉に大声で聞いた。「いい話だろ？」

「話が進んだら、腹帯を贈るよ」

「俺の長屋だと、日根さんに筒抜けだぞ。いいのか」

「まんざらじゃないようだね。食ったら行くよ」

「どこに？」

「とろい男は嫌いだよ。長屋に決まってるだろ。あたしゃ、大年増なんだ。急がなくちゃね」ぼやっとしてないで、おまんま、早くしとくれ。蓑吉に言うと、左右吉の酒を手酌で飲んでいる。

　飯が運ばれてきた。冬瓜のくず煮がたっぷり掛かった丼だった。

左右吉と千は、丼を抱えるようにして、瞬く間に食べ終えた。

日根に、握り飯を土産に持ち帰ろうかとも思ったが、言いそびれてしまった。

《汁平》を出、豊島町へと向かった。千は黙って歩いている。息苦しくなった左右吉が、本気か、と千に聞いた。

「まさか」

「まさかって、おい」

「蓑吉さんたちと、何かあったのかい？」

「別に……。何で、そんなことを聞く？」

「裏から入ろうとしたら、銀蔵さんが凄い顔をして包丁を構えていたんで、芝居を打ったんだけど、拙かったかい？」

そうだったのか。気が付かなかった。

「ありがとよ。何でもねえんだ。それぞれが、てめえの命を守ろうとしているってだけだ」

「何だか分からないけど、いいんなら、いいや。じゃあね」

千が身を翻すようにして、左右吉から離れた。橋本町に行く通りの角だった。

「寄ってかねえのか」

「おねんねは、もう少しお預けだよ」

お半長屋に戻ると、日根の借店に灯が点っていた。《汁平》のことは耳に入れておかねばならない。腰高障子をそっと叩いた。

「開いているぞ」

日根は、蚊帳の中で、腕組みをしていた。布団と寝茣蓙は既に敷いてあったが、寝ようというのでもないらしい。

「夕餉は？」

「炊いて済ませた」

「それはようございやした」

左右吉も蚊帳に入り、《汁平》で握り飯を頼むことが出来なかったことを伝え、蓑吉から聞いたことをすべて話した。

「そうか、盗っ人であったか。初めて見たな、盗っ人という者を。いや、初めて見たというのはおかしいか。毎日のように見ている顔だ。そうか、あれが盗っ人か。成程のぉ」

「旦那、そう盗っ人と言わねえほうが」

「うむ。気を付けよう。掏摸の姐さん、と言って千殿に嫌な顔をされたしな」

日根が笑いながら敷き布団の脇に置いていた刀を、枕許に戻した。

脇にあったということは、身構えていたのか、抜いて刃を調べていたのか。そのどちらかだろう。何かあったのか、聞いた。

「まさか、黒子の旦那がいらしたので？」

日根の旧主・丹羽家から立会人として遣わされている小池徹之進。あの男が来たのではないか。

「その、まさかだ」

「いつなんで？」

「明後日だ」

「また、随分と急なこって」

日根は久兵衛の家に隠れており、長屋には本人の代わりに捕方がうろうろしているという始末だったので、小池を数日待たせることになってしまったようだ。

「今度も、あそこでございやすか」

小塚原の仕置場近くの鎮守(ちんじゅ)の森で、日根は二度果たし合いをしていた。

「気に入りであるらしいな」

「刻限は」

「また明け六ツ（午前六時）だ」

「置いてけ堀はなしですよ」

「分かっておる」

「ならば、明日からあっしが飯を炊きますから、しっかりと食ってくださいよ」

「世話を掛けるな」

「それは言いっこなしって奴で」

「では、済まぬが、明日の昼餉は三人前炊いてくれ」

誰か来るのだろうか。

「赤垣殿だ。果し状が来たら知らせることになっていたので、今、向かいの鳶殿に書状を頼んだところだ」

何をしに来るのか、尋ねた。

「此度の助っ人は、ちと手強いのでな。稽古の相手を頼むのだ」

稽古の場所は、柳原土手にある柳森神社。境内脇の木立の中だった。

翌六月十七日――。

朝六ツ半（七時）に赤垣鋭次郎と神社の境内で落ち合うと、稽古は直ぐに始まった。

日根が打太刀となって数合竹刀を打ち合わせては、技を仕掛ける。仕太刀の赤垣は、日根の攻撃を受け流そうともせずに、踏み込んで日根の肩口を狙い、竹刀を打ち込む。

それを何度か繰り返すと、今度は赤垣が打太刀になった。赤垣は、反撃に転じた日根の竹刀を物ともせず、強引に打ち込んでゆく。

左右吉の目には、いつも同時に互いの竹刀が相手を捕えているように見えた。相打ちである。

日根と赤垣は、時折手を止めると、竹刀を躱す間合いや足の運びを確認し合い、また改めて竹刀を交えている。

それが四天王の一人・永田勝之丞が狙う相打ちの剣に対する稽古だとは、話を聞いていたから分かったが、どれ程急場の役に立つのかまでは分からない。見ている他はなかった。

「少し休みましょうか」

日根が言い、赤垣が頷いた。

二人の傍らに柄杓と水桶を運び、飲み終えたところで、汗を拭う手拭を手渡す。

「済まぬ」日根が顔を拭う。

赤垣に差し出した。何も言わずに受け取ると、額の汗を拭いながら日根に言った。

「動きに無駄がなくなってきたように思います。後はここからどうするか、ですな」

「それなのだが」

日根が身構え、正面から打ち込む形を取ろうとすると、

「始めましょう。そのほうが早い」赤垣は竹刀を摑んで、二間（約三・六メートル）の間合いを空けた。左右吉は水桶と柄杓を手にして、二人から離れた。

三度同じ動きを重ねた後、日根が右腕をしたたかに打たれ、竹刀を取り落とした。

「怪我は？」

「ご心配なく」

日根は、左手に下げた竹刀を目の高さに持ち上げると、何かを感じ取ったのか、目を閉じた。

それから半刻ばかり稽古を続け、仕舞いとなった。

「ありがとうございました」汗を拭いながら、日根が赤垣に言った。「微かに勝機が見えたような気がします」

「微かに、ですか。沢山（たくさん）は、見えぬのですか」

「野中の一軒家の明かりが遠くに見えた、というところでしょうか」

「心許ないですな。もう少し、どうです？　私なら、まだまだ刻限に余裕はありますぞ」

「いや、止めておきましょう。これ以上やって、稽古の形に縛られてもいけないので」

「分かりました。明日ですが、私も付き添いたいのですが、行けば、手も口も出してしまうことでしょう。そうなると、大名家間のいざこざにならぬとも限りません。御武運を祈っております」赤垣は日根に一礼すると、頭を起こしながら、おい、と左右吉に呼び掛けた。「左右吉、お強い左右吉殿。いいか、そんなことはないと思うが、万一の時はお前が飛び出して行って斬られろ。嘆く奴はいないし、清々するしな。分かったな。返事は？」

「……へい」

「これだから町人は嫌いなのだ。へい、ではない。はい、と言え」

「……はい」

「よし、少しは増しになってきたな」

言い置くと、赤垣は昼餉の誘いを断わり、柳森神社を後にした。

「面白いお方だな」日根が後ろ姿を見送りながら言った。

「そうでしょうか」

「お主の腕を買っているのだ。そうは言えないらしいがな」

「信じられません」左右吉は首を横に振り、赤垣の後ろ姿を見つめた。

お半長屋に戻ると、富五郎の手下の弥五と平太が、首を長くして左右吉の帰りを待っていた。何か、と聞くと、

「何かじゃねえよ。夜も明けねえうちから、どこに行ってたんだよ」

そのまま引き摺られるようにして、火盗改方の役宅へ連れて行かれた。

役宅には笹岡只介と北町の山田義十郎が待っており、此度の一件について事細かに問い質（ただ）された。隣室で人の気配がしていたので、誰かに聞かせるために呼ばれたのは分かったが、それが北町の年番方と、吟味方の与力と、町奉行付きの内与力の面々であった、と教えてくれたのは、久兵衛だった。

「七郎兵衛は当然のこととして、お倫も豊松の一件を企（くわだ）てた廉（かど）で、お咎（とが）めは免れないところだろう。お貞はてめえが手を下した訳じゃあなさそうだが、桜井様に殺しを持ち掛けたかもしれまえってんで、お吟味を受けることになった。ともかく奉行所の与力様が、香具師（やし）の元締と気脈を通じて殺しに関わったてぇ一大事だ。お上の御威光にも疵（きず）が付きかねねぇ。この一件をどう収めるか、で揉（も）めに揉

めてるのよ」

「あっしらは、どうかなるんで？」恐る恐る久兵衛に聞くと、まだ誰にも言うんじゃねえぞ、と言って、そっと耳打ちしてきた。

四

六月十八日。

左右吉は暁七ツ（午前四時）過ぎに起き出すと、米を研ぎ、飯を炊き始めた。果し合いにゆく日根に、前日炊いた冷や飯を食べさせる訳にはいかない。

音を立てないようにしていたのだが、飯が吹き出した頃になると、日根が起き出してきた。戸の開く音がしている。左右吉も井戸端に向かい、並んで顔を洗い、歯を磨いた。

「今日もよい日和になりそうだな」東の空を見上げながら、日根が言った。

「昼餉は《汁平》にしやすぜ」

意を汲んだのだろう。奢ってくれるのか、と日根が聞いた。

「気ぃ遣ってるのは、あっしですぜ。逆じゃねえんですかい」

「それはそうだな」

味噌汁と香の物で朝餉を済ますと、七ツ半（午前五時）に長屋を発った。左右吉は斜め前の鳶から借りた鳶口を手にしていた。相手に助太刀がいるのなら、とこの前の果し合いの時の形に倣ったのだ。左右吉が助太刀に立つことについて、今回は日根は何も言わなかった。

新シ橋を渡り、元鳥越町を通って新堀川沿いに北に進んだ。剝き身売りと納豆売りの子供らの姿が見える。

浅草寺から日本堤に出、吉原を南に見ながら浅草田圃を横切り、山谷浅草町へと抜けた。

ここから千住に向かって五町（約五百五十メートル）足らずのところに鎮守の森がある。間もなくである。日根が空咳を一つした。

それと見て取った左右吉が、

「旦那」と言った。「やはり、飯は奢りますぜ」

「心変わりいたしたのか」

「いえね。もしかすると、七郎兵衛捕縛の一件でご褒美が貰えるかもしれねえんでやすよ」

「笹岡様か」

「その上のほうからでやす」左右吉は空を指さした。厚い雲に覆われている。

「笹岡様の上、と言うと、安田伊勢守様か」

火盗改方の長官である。

「しみったれで、褒美とは縁のないお方なんでやすが、今度のことでは北町に恩を売る形になりそうなんで、ひどくご機嫌がよろしい、という話なんで」

「と言うことは？」

「大親分の話では、桜井様の一件は、北町だけの揉め事ではなく、町奉行所そのものの威信に関わる大事なもんで、結局闇から闇へ葬るしかねえんじゃねえか、と」

「すると、口止め料として北町から火盗改方に、火盗改方から其の方らにと金が流れるという訳か」

「そう言っては、身も蓋もござんせんが」

「そのような金で奢られたくはない。私は遠慮しよう」

「旦那がそう仰しゃるのなら、あっしも止めましょう。受け取りやせん」

「待て。如何程、貰えるのだ？」

「やはり、ほしいんでやすか」

そうではない。日根が言下に否定した。「豊松の相方に、渡してやったらどうか、と思うのだ」

深川を出られるような金高ではないが、何かの足しにはなるだろう。

「そりゃいいや。そうしましょう」

「汚い金も、使い方によっては役に立とう」

「旦那の、その真っ直ぐなところ、あっしは惚れ直しやしたぜ」

「そう言う雨乞の親分にも、な」

「まだ手下でやすから、親分はなしってことで」

笑い合って目を遣った道の先に、羽織袴の侍がいた。侍は、日根と左右吉を睨むようにして見据えると、森の中に駆けていった。

「礼を言うぞ。お蔭で、無駄な力が抜けた」

「ようござんした」

木立をゆくと、奥に白鉢巻に白襷を掛けた若侍と、三十半ばの色の黒い侍がいた。助太刀らしい。永田勝之丞というのがあれか、と左右吉は見つめた。

「遅れずに参ったな」

脇の大木の陰から、小池徹之進が現われた。小池の傍らに、物見をしていた武士と小者が控えている。

「日根さん、あなたには失望した」永田が左右吉に一瞥をくれると、嚙み締めた歯の間から声を絞り出した。「武士たる者が歩きながら喋り、あまつさえ笑いさざめく。果し合いに向かう道すがらであるにもかかわらず、だ。あまりに無礼であろう。許せぬ」

「尤もな話だ。申し訳なかった。謝る」日根が頭を下げた。

「愚弄しておるのか」永田の口から唾が飛んだ。「あなたは、そのような方ではなかった。自らに厳しい方であった。あなたに勝とうと、私は江戸で必死になって剣の腕を磨いた。だが、すべては無駄であったようだ。もはや、私の敵ではないと見た」

「随分と威勢のいい助太刀ですね」左右吉が、永田に聞こえるように日根に言った。

「昔のままだ」

「町人」永田が言った。「其の方がことは小池様と町田様から耳にしている。剣の心得があるという話だが」

「心得って程ではございませんが」

「そのようだな。腕前は、歩き方を見れば分かる。そんな程度でも、助っ人と思うてよいのだな」

「……へい」

「宏三郎殿、そなたの腕なら後（おく）れを取ることはあるまい。任せたぞ」

心得ました。答えた宏三郎が刀の鯉口（こいぐち）を切った。

日根が袂（たもと）から紐（ひも）を取り出し、襷を掛けた。

「では、双方ともよろしいかな」

小池が、日根と永田に聞いた。先に永田が、遅れて日根が頷いた。

「始められよ」

小池が足を引いた。

永田らとの間合いは六間（約十一メートル）。永田と日根が刀を抜いた。

左右吉は鳶口を構え直すと、日根から離れ、弧を描くようにして町田宏三郎に近付いた。

宏三郎が正眼に構えた。兄の宏一郎（こういちろう）より遥かに筋がよかった。油断は禁物であった。永田が言ったことは、まんざら外れていない。

だが、道場で鍛えた剣法だ。真剣を取っての喧嘩剣法とは勝手が違うのだろう。慎重になっている。付け目はそこだ、と読んだ左右吉は、藪に向かって走った。宏三郎が腕で枝を払いながら追ってくる。

左右吉は走りながら地面に落ちている枝を拾い、投げ付けた。

「正々堂々と立ち合わぬか」枝を躱しながら、宏三郎が叫んだ。

「だったら、こんなところを選ぶんじゃねえ」

悪態を吐き、更に逃げると見せて、木の幹を回り、宏三郎に打ち込んだ。宏三郎が呼気を止め、刀で受けて躱した。

躱したことに気を好くしたのか、斬り掛かってきた。刃の下を潜り、腰に組み付き、そのまま押し倒し、転がって離れた。宏三郎が振り回した刀が草を薙いだ。

「大事ないか」永田が叫んでいる。

永田と日根は、斬り結んでは離れることを繰り返しているらしい。

「ございません」宏三郎が跳ね起きて答えた。

「これからあるのよ」左右吉は鳶口を握る掌に唾をくれ、しごいた。

「おのれ、許さぬ」

宏三郎が刀を上段から振り下ろした。刃風が唸った。稽古は積んでいるらしい。しかし、渡り合ったことがないのだろう。僅かに腰が引けている分、刀が届かない。

そういう奴は小太刀を習うのよ。嫌でも前に出るようになるぜ。

腹の中で呟いて、宏三郎の刀に鳶口を叩き付けた。鉄輪のところが鎬に当たり、刀が中程で折れて飛んだ。

狙って折った訳ではない。左右吉も驚いたが、宏三郎はもっと驚いたらしい。

「ああ……！」

宏三郎が悲鳴に近い声を上げ、刀を投げ捨て、脇差に手を掛けた。

「貰った」

大きく踏み込んだ左右吉が、するっと伸ばした鳶口で宏三郎の手首を打ち据えた。鈍い音がして、宏三郎の手首がだらりと垂れた。宏三郎が転げ回っている。

左右吉は後退りするようにして宏三郎から離れ、日根の許に走った。背に宏三郎の嗚咽が聞こえた。

左右吉の動きを目で追っていた小池が、供の侍に宏三郎を見に行くように、と顎で指した。供の侍が、声のするほうへと消えた。

日根と永田は、正眼に構えて向き合っていた。

永田がじりと間合いを詰めた。日根は動かない。

永田が更に間合いを詰めた。日根も足指をにじるようにして前に出た。間合いが消え、永田の剣が縦に動いた。二合斬り結んだところで、永田が上段に振り翳した。胴を斬らせ、その瞬間に面を取る相打ち狙いだった。

日根の剣が正眼から僅かに上がった。

小手を取れる……。

永田に微かな迷いが生じた。小手を取れば、胴を斬らせ、相打ちに持ち込む必要はなくなる。俺は、命を永らえることが出来る……。

永田が裂帛の気合とともに刀を振り下ろした。日根の腕を斬り落としたはずだった。しかし、刀は虚空を斬り裂いたのみだった。日根は柄を握っていた右腕を後ろに振ると、左手一本で握った刀を、踏み込みながら真っ直ぐに突き立てた。

永田に躱す余裕はなかった。刀が右胸に食い込み、背に抜けてゆくのが分かった。日根が揺れ、木立が回り、その上に鈍色の空が見えた。

「旦那、《翡翠の太刀》じゃねえですかい」町人の声がした。

「《翡翠》……」永田は、川辺の小枝に止まり、小魚を狙う翡翠の姿を思い描いた。あれ、か。だが、孤月流に、そのような太刀筋はないはずだった。日根はいかにして、身に付けたのだろうか。

もっともっと稽古を重ね、もう一度手合わせをしたい。それが出来そうにないことが、ひどく無念であった。

誰かが耳許に近付いてきた。胸に突き刺さっている刀を抜きに来たらしい。抜かれれば、血潮が噴き出し、死ぬしかない。待て。言おうとしたが、唇が動かなかった。

「いずれまた、知らせにゆく」小池の声だった。「探すのが面倒だから、逃げるなよ」

「その気はない」

刀がぐいと抜かれ、胸に温かいものが広がった。そこで、永田は事切れた。

日根は、受け取った刀を懐紙（かいし）で拭って鞘（さや）に納めると、

「帰ってもよいな」小池に聞いた。

「勿論（もちろん）だ」

日根は左右吉を促すと、街道に出、ずんずんと歩いてゆく。

左右吉は、日根の後ろを黙って歩いた。

「下らぬ」日根が声に出して呟いている。「いつまで続けるつもりだ」

田圃が終わり、町並みに入った。茅葺きの屋根に止まっていた蝶が、ひらひらと街道を横切っている。

「左右吉」と日根が言って、歩みの速度を落とした。「この世のことがすべて、狐森であってくれたら、と思うことはないか」

「ございますとも」左右吉は、日根の横に並びながら答えた。

「あるか……」

「へい」

「生きるとは、厄介なことだな」

「だから、せいぜい楽しまねえと、いけやせんぜ」

「そうか……」日根が顔を上げて、街道を見渡した。

「何か、仰しゃりてえことでもあるんですかい？」

「悟られたのなら仕方ない。言いにくいことなのだが……」

「へい」

「妻から文が来たのだ」

「…………」

「江戸に来たい、と書かれていた。何としたものか、と悩んでいたのだが、私もいつ果てるとも知れぬ身だ。この際、迎えに行こうかと思うてな」

「それがよろしゅうござんすよ。お迎えにゆくのは、いつ頃にするおつもりで？」

「早いほうが、とは思うのだが」

「ようございました。言うと怒られるんで、このところ言い出せませんでしたが、ご一緒にお暮らしになるのがよろしいかと」

「よくないのだ……」

「へ？」

「路銀が足らぬのだ。いや、ないと言ったほうが正しい」

「なのに、ご褒美の金子(きんす)にけちを付けたんでやすかい？」

「あれは、別だ。理に適(かな)わぬものは嫌なのだ」

「分かりました。他の手立てを考えやしょう」

「あるのか」

　今弱みを握っているのは、《汁平》の二人だけだった。だが、あの二人からは借りられねえ。盗っ人の貯(たくわ)え金と知っていて借りることなんざ、出来ねえ。

どうする――。

飛び梅は？　あそこの金の出所も、他人様の懐だ。

笹岡様にしても、久兵衛親分にしても、頼めば、たとえ内証が苦しくとも、何とかしようとしてくださるに決まってる。それが分かり過ぎる程分かっているから、とてもじゃねえが言えねえ。

空を仰いだ。雲が厚みを増していた。遠くで雷が鳴っている。

畜生、誰か……。

その時、左右吉の脳裏に小池の顔が浮かんだ。竹馬の友なんてのは、こんな時に使うんじゃねえのか。それに、あの黒子には酒を奢っている。貸しは返してもらわなければ、帳尻が合わねえ。

おりやしたぜ。左右吉が日根に言った。

「とんでもねえところに金蔓が」

参考文献

『江戸・町づくし稿　上中下別巻』岸井良衞著（青蛙房　二〇〇三、四年）
『大江戸岡場所細見』江戸の性を考える会著（三一書房　一九九八年）
『売春の歴史《陰の日本史》』邦光史郎・杉村明著（廣済堂出版　一九八九年）
『大江戸復元図鑑〈庶民編〉』笹間良彦著画（遊子館　二〇〇三年）
『大江戸復元図鑑〈武士編〉』笹間良彦著画（遊子館　二〇〇四年）
『資料・日本歴史図録』笹間良彦編著（柏書房　一九九二年）
『図説・江戸町奉行所事典』笹間良彦著（柏書房　一九九一年）
『江戸時代選書5　遊女の知恵』中野栄三著（雄山閣　二〇〇三年）
『江戸時代選書7　御家人の私生活』高柳金芳著（雄山閣　二〇〇三年）
『江戸時代選書10　江戸庶民の暮らし』田村栄太郎著（雄山閣　二〇〇三年）
『考証「江戸町奉行」の世界』稲垣史生著（新人物往来社　一九九七年）

あとがきにかえて〜長谷川卓と女たち

佐藤亮子

雨乞の左右吉の捕物話も、最後のページを迎えてしまった。この後左右吉は、どのような事件に出会うのか。千との仲はさらに発展するのか。日根はいつまで決闘を強いられる日々を過ごすのだろうか。

興味は尽きないところなのだが、この先の物語を作者は書き遺していない。いよいよ先が楽しみになってきたところで「お先に失礼！」とばかりに、さっさとあちらの世界に渡って行ってしまった。

読者の一人としては、

「そりゃあ、ないだろう！」

である。

雨乞シリーズを読み返すと、その鮮やかな人物造形に胸のすく思いがする。登場人物たちのとりどりの台詞が、するりと心に入ってくる。さまざまな女性の姿がいきいきと描かれているのも、楽しい。

若い頃の夫は、ほとんど女性が登場しない作品ばかり書いていた。

「どうして女の人が出てこないの？　それって不自然じゃない？」

と私は文句を付けていた。それはそうだろう。世の中のほぼ半数は女である。女性が活躍する姿を読みたいと思うのは、女性読者の一人として当然の欲求である。

私の疑問に、夫は、

「女の人は、よくわからんから、書けん！」

とのたもうた。実にあっけにとられた。女性全般に対して、苦手意識があったらしい。

確かに男から見たら、女は不思議だらけかもしれない。男の社会の「文法」は、女社会では通用しない。不用意に漏らした一言で、妻の激昂を買ってしまう夫の話が、ネット社会でもうようよしているが、むべなるかな、である。女社会の「文法」の細やかさの実態を知ったら、世の男性陣は驚愕することだろう。

結婚してすぐの頃の日記を見返すと、夫が何気なく言った台詞が火種となり、大喧嘩。「言い方がきつい、ひどい」と私に大泣きされた、と夫が記している頁があった。今となっては、何にそれほど傷ついたのか、まったく覚えていないのだが。

その後、この手の事件はめっきり減った。どうやら、こう来たら、こう返す、ああ来たら、この対応が正解、と密(ひそ)かに学習していたらしい。練習問題の数をこなして、次第に正解にたどり着く受験生のようだ。

夫は、いわゆる「団塊(だんかい)の世代」だが、全く男尊女卑の風はなく、家事も育児も、むしろおもしろがってやるタイプだったので、作家の観察眼を駆使して、日々対応しているうちに、次第に女の「文法」に察しが付くようになったのではないか、と思う。

日本には、『源氏物語』を物した紫式部(むらさきしきぶ)に始まり、優れた女性作家が多い。夫は、「とても勝てねぇ」とよく嘆息していたが、人生の機微や心の襞(ひだ)の陰影は、女の「文法」あればこそ、豊かに味わえるものかもしれない。

ともあれ、女性を書くことに対する苦手意識は、いつしか雲散霧消していたらしい。

はっ、と気付いたら、きわめて個性的な女性たちがあっと驚く活躍をしていた。その進化たるや、凄(すざ)まじいものがある。我が夫ながら、恐れ入った。

本人は別に何とも言わなかったが、私や一人娘と長年接しているうちに、次第に「女って、おっかないな」、もとい、「おもしろいな」となっていったのかもしれない。特に、今流行りの「イクメン」として、幼い娘をほぼ一手に引き受けて面倒を見ていたのが、功を奏したのだろう。赤ん坊が次第に女の子になり、少女となり、その先の「大人の女」になるところまで、成長過程を間近で観ていくうちに、女性のおもしろさに気が付き、物語の中で女性を語りたくなっていったのかもしれない。

柳生シリーズの、凜々しくしっかり者の蓮尾水木も爽快だし、『戻り舟同心』シリーズを彩る女剣士一ノ瀬真夏、女だてらに岡っ引修業にいそしむ男勝りの隼、あるいは一本どっしりとした芯を持ちつつ、軽妙洒脱に戻り舟ファミリーの世話焼きをする《布目屋》の元内儀の近、飄々と浮世離れした不思議な味わいがある正次郎の母・伊都など、誰も彼もがおもしろい。女っ気というのであれば、花島太郎兵衛もいた。近との掛け合いは、何度読んでも笑える。

嶽神伝シリーズ関係を見ると、『嶽神』（講談社文庫）に登場した蓮という少女が、傑出している。

武田家の金山衆赤脚組の組頭を父に持つこの少女は、金山衆全滅を図る悪辣な仕打ちにより、金山衆の大人たちとともに生き埋めにされ、唯一生き延びた、という壮絶な過去を負う。蓮は、主人公蛇塚の多十と、武田勝頼の忘れ形見若千代（後に勝三と改名）とともに、苦難の道を歩む。生来負けん気が強いのか、大人の多十を向こうに回して言いたいことを言い放ち、時に大人が思いも寄らぬ奇抜な作戦を実行し、また金山衆に伝わる技を駆使して、一行の苦難を鮮やかに救う。ここぞ、という時に先頭を切って胸のすく活躍をするのが蓮であり、そのいさぎよい生き様に、むしろ多十は大きな力を得る。

蓮のイメージは、我が娘を育てるうちに、自然と発見したのだ、と思う。子供という存在、女の子という自分とは異なる生き物の無限の可能性に、瞠目したのだ、と私は睨んでいる。

「この世には驚くことなんてもうないか、と思っていても、一膳のおまんまにも、まだまだ驚かされることがあるのさ。生きているうちは、せいぜい楽しく驚きながら暮らしていたいもんだね」

と『狐森』の中で、富五郎の女房・鶴が言っているが、納得である。

子育ての日々のうちにも、毎日の食事のうちにも、「楽しく驚きながら」生きるのが、長谷川流だったのではないか。

ちなみに、『嶽神伝』シリーズで、作者の一番のお気に入りの女性は、主人公無坂が属する木暮衆の集落の陽気な老婆、ヒミの大叔母である。

このお婆さんを書くのは、シリーズ当初からの作者の楽しみだった。年寄りのくせに、人の分まで御馳走をたらふく食べ、にぎやかに暮らしているこの女性が、大層好きだった。

ヒミは、『嶽神伝』シリーズ最終巻『風花』で大往生を遂げる。集落を一人抜け出し、山中に死に場所を求めて彷徨う。飄々とした道中の果てに、やがて「ここらでよかろう」という所を見付け、横たわる。

さて、死ぬ準備は出来た。長かったな、と呟こうとして、「あっ、と声に出す。もう一度鹿の肉を煮たのを飯に掛けて食いたかった。ぬかった。食べてからにすればよかった。」となる。この辺り、長谷川節の面目躍如である。

死は、決して暗く打ち沈んだものではない。日々の暮らしの先に、自然と訪れるものなのだ。

ところで――――。

私の中での一押しは、何と言っても、雨乞シリーズの千である。こんなに佳い女、そうそういるもんじゃない、と思う。

鉄火で姐御肌でおきゃんで明るい千は、口が達者である。大の男の左右吉と日根が、時にタジタジとなる。二人を顎で使っているようでいながら、その実左右吉を立てるところでは、すっ、とさりげなく引く。余計な口出しはしない。それは、男を立てるというのではなく、その相手を心底信頼しているからこそ、なのだと思う。相手が男であろうと、女であろうと、関係ないのだ。信頼出来る相手であればこそ、千は、左右吉が自在に振る舞えるよう、何くれとなく後押ししているのだ。

女掏摸と下っ引と過去のある浪人という、何とも珍妙な取り合わせでありながら、三人寄れば、欠けたピースがぴたっと収まるように、絶妙のチームワークを発揮する。そこが、いい。三人の掛け合いが気持ちよく読めるのは、いざという時は、身体を張って支え合うという気概に満ちているからだ。

富五郎の女房・鶴は、富五郎に面と向かって喧嘩を売ったりはしないが、陰ではこっそり「この男はしょうがないね」とため息を漏らしている。そのヘン、世の奥方衆の気持ちを代弁しているようだ。髪結いという手に職をもつ女なのだから、「こいつはダメだ」と思ったら、さっさと離縁して気楽に独り身を楽しむことも出来そうなのだが、そうはしない。ダメだ、と言いつつも、そんな脇の甘い富五郎を楽しんでいるようでもある。心底好いているのかもしれない。可愛い女ではないか。

一方、失踪した豊松の想い人だった女郎の淡路は、なよやかだが、強い意思というものを感じられない女性である。自分の望みのままに、何事も決められぬ女郎という存在の、寄る辺ない人生がにじみ出ている。男の真心を信じ切ることが出来ない日々の中で、豊松の存在はどれほど淡路の心に影を差していたものか――。

さまざまな作品を読み返す度に、その中に描かれた人物たちが、それぞれの人生を背負って、私の心の中にしっかりと根付いているのを感じる。

本作が初めて刊行されたのは、平成二十三年（二〇一一）七月である。今回の復刊までに、ほぼ十年余りの月日が流れている。

この年の三月には、忘れもしない、東日本大震災が起こった。

多くの人が、テレビに映し出された大津波に釘付けとなった。夫も私も、息を呑んで画面を凝視するしかなかった。あまりの恐ろしさに声も出なかった。未曾有の災害に、日本中が動揺していた。

営々と積み重ねてきたものを、一瞬のうちに消失させる自然の脅威の前には、私たちの小さな営みなど、意味がないのではないか。そんな無力感を、確かに皆が感じた出来事だった。

物語を書き続ける作家の日々も、いつかは虚しいものと化すのかもしれない。どうせ書いても、いつかは消え去る運命だと、書くのを放棄し、捨て鉢に日を過ごすのか。

否、作家というのは、書くことが即ち人生だ。他愛のない日々の暮らし、その中に物語がある。呼吸することが、物を食べることが、生きていく上で欠かせないものであるように、作家にとっては、物語を紡ぎ続けるということが、生きる糧なのだ。

病を得て、それでも書きたい気持ちのままに、物語を書き続けた夫も、気持ちだけでは次第に身体がついてきてはくれず、「書きたいのに、書けない」と身を揉んで、子供のように泣きじゃくった日もあったに違いない。

人は、己自身の情熱を身の内に掻き立てて生きる。たとえ、それが苦しみの道であろうとも、心はそれを求め続ける。

令和三年十二月に出版された『この時代小説がすごい！　二〇二二年版』（宝島社）の特別企画「二十一世紀版文庫書き下ろしランキング」という、二〇〇一年から二〇二一年までの二十年間に発表された作品を評価するランキングに、長谷川作品が取り上げられたという嬉しい知らせがあった。代表作の一つ『嶽神伝』シリーズが、第三位に輝いたのである。大変な名誉である。

最期の時まで、作家として生きる道を選び続けることが出来た夫は、本当に幸せだったのだと思う。そんな夫と生きられたことを、私はいつも誇りに思う。

令和四年一月　静岡にて

病院の待合室にて(2018年5月9日)

注・本作品は、平成二十三年七月、徳間文庫より刊行された『狐森　雨乞の左右吉捕物話』を妻・佐藤亮子氏のご協力を得て、加筆・修正したものです。

一〇〇字書評

狐森

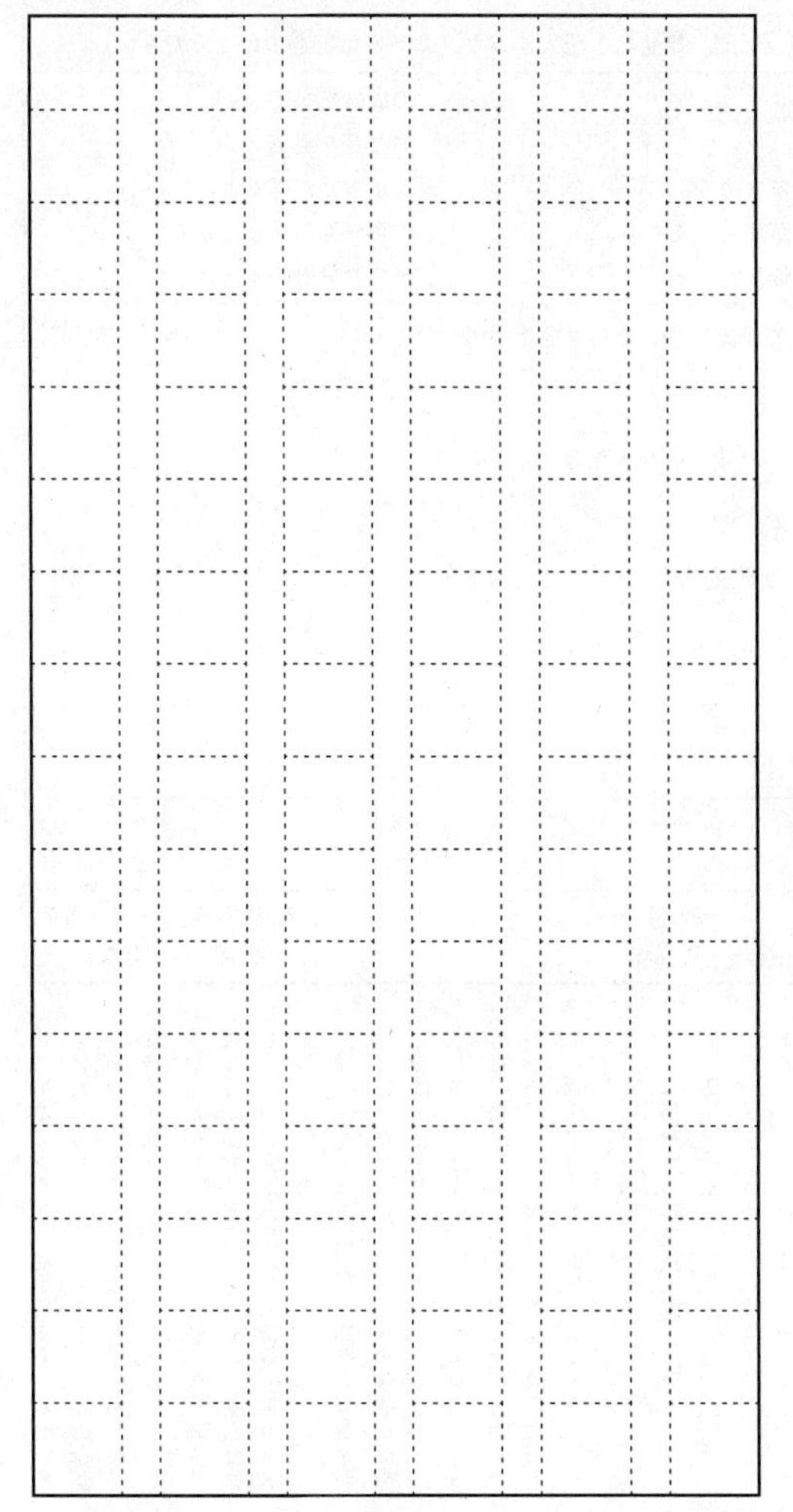

切り取り線

購買動機（新聞、雑誌名を記入するか、あるいは○をつけてください）	
□（　　　　　　　　　　）の広告を見て	
□（　　　　　　　　　　）の書評を見て	
□ 知人のすすめで	□ タイトルに惹かれて
□ カバーが良かったから	□ 内容が面白そうだから
□ 好きな作家だから	□ 好きな分野の本だから

・最近、最も感銘を受けた作品名をお書き下さい

・あなたのお好きな作家名をお書き下さい

・その他、ご要望がありましたらお書き下さい

住所	〒				
氏名		職業		年齢	
Eメール	※携帯には配信できません		新刊情報等のメール配信を 希望する・しない		

この本の感想を、編集部までお寄せいただけたらありがたく存じます。今後の企画の参考にさせていただきます。Eメールでも結構です。

いただいた「一〇〇字書評」は、新聞・雑誌等に紹介させていただくことがあります。その場合はお礼として特製図書カードを差し上げます。

前ページの原稿用紙に書評をお書きの上、切り取り、左記までお送り下さい。宛先の住所は不要です。

なお、ご記入いただいたお名前、ご住所等は、書評紹介の事前了解、謝礼のお届けのためだけに利用し、そのほかの目的のために利用することはありません。

〒一〇一－八七〇一
祥伝社文庫編集長　清水寿明
電話　〇三（三二六五）二〇八〇

祥伝社ホームページの「ブックレビュー」からも、書き込めます。
www.shodensha.co.jp/bookreview

祥伝社文庫

狐森（きつねもり） 雨乞（あまごい）の左右吉（そうきち）捕物話（とりものばなし）

令和 4 年 2 月 20 日　初版第 1 刷発行

著　者　長谷川（はせがわ）　卓（たく）

発行者　辻　浩明

発行所　祥伝社（しょうでんしゃ）

東京都千代田区神田神保町 3-3
〒101-8701
電話　03（3265）2081（販売部）
電話　03（3265）2080（編集部）
電話　03（3265）3622（業務部）
www.shodensha.co.jp

印刷所　堀内印刷

製本所　ナショナル製本

カバーフォーマットデザイン　中原達治

Printed in Japan ©2022, Ryoko Sato　ISBN978-4-396-34794-9 C0193

祥伝社文庫の好評既刊

長谷川 卓
鳶（とび） 新・戻り舟同心③
かつて伝次郎らに凶刃を向けた口入屋〝鳶〟を錆びつかぬ爺たちが突き止める。狡猾な一味の殺しの標的とは……。

長谷川 卓
戻り舟同心
齢（よわい）六十八で奉行所に再出仕。ついた仇名（あだな）は〝戻り舟〟。「この文庫書き下ろし時代小説がすごい！」〇九年版三位。

長谷川 卓
風刃の舞（ふうじんのまい） 北町奉行所捕物控①
無辜の町人を射殺した悪党、商家を皆殺しにする凶悪な押込み……。臨時廻り同心・鷲津軍兵衛が追い詰める！

長谷川 卓
百まなこ 高積（たかづみ）見廻り同心御用控①
江戸一の悪を探せ。絶対ヤツが現われる……南北奉行所が威信をかけて、捕縛を競う義賊の正体とは？

岩室 忍
初代北町奉行 米津勘兵衛① **弦月の帥**（げんげつのすい）
家康直々に初代北町奉行に任じられた米津勘兵衛。江戸創成期を守り抜いた男を描く、かつてない衝撃の捕物帳。

今村翔吾
火喰鳥（ひくいどり） 羽州（うしゅう）ぼろ鳶（とび）組
かつて江戸随一と呼ばれた武家火消・源吾（げんご）。クセ者揃いの火消集団を率いて、昔の輝きを取り戻せるのか!?